心の中に
それを表現するためには先生の全てを受け入れる必要があった
抱きしめるよりも抱っこする事が先生を宇宙の彼方に連れて行けるような気がした
宇宙を遊覧する作品に思えたから先生を空中分離させたかった
そのためには抱っこする事が一番の表現だと想った
なぜならば一瞬でも魔法使いドラキュラは空を飛べるから
先生にほんの一瞬でもいいから夜空の彼方に連れて行きたかった

根本先生とドラキュラジゴロ伯爵の目に見えないキーワードか暗号
一瞬の場面で私は抱っこをしてみせた
先生はどう感じただろう
夜の空中から夜の宝の地図を私は見たかった

伏見直樹ドラキュラジゴロ伯爵　**心の中に**　2008年6月5日伏見先生ブログより転載

この本は2000年10月20日から2008年12月26日まで、アップリンク・ファクトリー月例の「根本敬の映像夜間中学」より、講義部分を8年に渡る記録の中から、現時点で明確になった方向性を見据えながら、ざっくばらんに「1回分」に編集したものです。

よって繰り返しや〈時事ネタ〉にばらつきや時系列無視の箇所がありますが、てにをはを含めある程度の不適当、不適切よりも、主に、ナマなライブ感覚を優先して編みました旨ご了承下さい。

※DVDの映像は家庭用ビデオカメラで撮影されており、映像、音声にノイズが入るところがあります。

「映像夜間中学講義録」

イエスタデー・ネヴァー・ノウズ

Yesterday Never Knows

はじめに

亀を見て甲羅を切り取りたい衝動に駆られた男児は自分のふぐりを切り裂いて中のタマタマを手にしたいとも思うようになる。クルミみたいなのか梅干しみたいなのか、はたまた色鮮やかなビー玉みたいなのか、その正体を確かめてみたくなる。が、甲羅の下はスーッとした胴体ではなく、グチャグチャの内臓であると見届けた途端、我が内なる謎、違和感への執着は減殺されてしまう。そのうちピンピン立って騒ぎ始める棒の方に気をとられがちになる。けれどベールに包まれたタマタマの存在を忘れやしない。邪魔でみっともない不揃いなそれらに注がれた最初の素朴な興味を持ち続ける。いい大人になっても、ずっと。生殖器の一部と定めたが最後、不能となることを知っているから。

船橋英雄（幻の名盤解放同盟）

目次

映像夜間中学講義録 イエスタデイ・ネヴァー・ノウズ

「何か玉みたいなもん」

カトウさんが、子供の頃にね、**犬がもう欲しくて欲しくて、**とにかく**「犬を飼いたい」「犬が欲しい」**って明けても暮れても犬、犬、犬、犬って思ってた時期があってね。

名前もタマと決めていた。

で、カトウさん家《ち》の方じゃあ、犬なんて金出して買うもんじゃなく、どっかで産まれたのを貰ったり、引き取ったり、拾ったりするもんだった。

でも、彼女の強い思いとは裏腹に、その時に限って、全然、野良犬1匹見かけやしない。

それで、ある夜、蒲団の中に入っても寝られなくて、「犬が飼いたい！」「犬が……」と悶々としていた夜遅く、急に……チャクラが開いたって感じかな、今で云やあ。

とにかく心の中で思い切り**「犬が欲しい〜!!」**と叫んだら、突然額と頭頂部の間ぐらいから見えない「何か玉みたいなもん」がススーッと飛び出した感覚をおぼえたと思ったら、バサッと誰か塀の向こうから、通りがかりのモンが何かを放り込んでったんだって。

で、家族も気付いて、「何んだ⁉」って庭へ出たら、カトウさんが欲しくてたまらなかった犬がね、成犬になりたてみたいな赤犬が、しかも首輪もついてる。とにかく欲しかった犬が深夜庭先にポーンと放り込まれてたってんだよ。

さて。

で、カトウさんに「それで犬、飼えたんだァ⁉」って訊いたら、

「ううん、見た時には、もう、犬が飼いたいって気持ちをなくしてて、結局、飼わないで次の日、捨てに行っちゃった」だってさ。

――と、聴いた時、詳細はともかく、直感的に「ああ、一理あるな、正しいよな」と俺は思ったね。

そういうもんでもあるって、理屈でなく。

あの時のアッケラカンとしたカトウさんが、「ワーイ」って、何者かがヒトんちに通りがかりに放り込んだ犬、屈託なく飼ってたら、それちょっと違うもんなァ。

とにかく「飼わないで捨てた」ってあっけらかんと振り返るカトウさんの笑った顔見て結局納得したんだな。

さて、これから、俺は沢山の「イイ事」を喋るよ。凄くイイ話や言葉が読む程に数珠つなぎになるけども、でも、常識を、常識や固定観念を打ち破る言葉の力について云えば、それは主に右に偏った社会通念を左に重りを置いて、バランスを取るための「逆説」っていうトリック……、或いはそんな印象を与えるに過ぎず、言葉そのものはさして鋭敏とは限らない。

要は、**大前提**を素通りすんなって事だ。

6〜7年くらい前の『キオスクでも買える若者向け某情報誌（以下某情報誌）』に戦争がらみの本かなんかのレビューを書いてる若いライターが、のっけから、「21世紀を生きる我々――我々ってその『某情報誌』手にして記事読んでる者を書いた本人始め読んでる、全員示すワケね――は当然ながら、全員『戦争反対のリベラリストである』云々」と書いてて、俺はそれ目にしてぶったまげたね。ゾッとしたよ、その「戦争反対」の「リベラリスト」に。

「『自衛隊員にサンリオの詩集を愛読する者は多い』って知らないのか⁉」って心の中で、大声出して叫んだよ、頭から見えない玉はスーッと飛び出さなかったけど。

とにかく、こういう輩（やから）が俺は一番怖い、実は危険だと思うんだ。

「戦争反対」も「リベラリスト」も結構だけど、勝手にそこで断定しちゃあ、駄目だって。

例えば、道歩いてて、酔っ払いがよろめいて肩ぶつけといて、逆に睨み返されたら、一瞬とはいえ殺意が走るだろう？

また、電車乗って、後から空席にデーンと座った隣の男がスポーツ新聞と一緒に両足思いっ切り広げて、自分のスペース侵食して来たら、「この野郎」って癪にさわるよな？

「戦争」の何たるか、まずそこから考えない奴の「反戦」なんて絶対にハナから認めないよ。

ジョン・レノンは云ってたもんね。

「俺はすぐ女や子供に容赦なく暴力を振るって来た大いに暴力的な人間だったから、だから、『戦争反対』や『平和』の価値を理解出来るんだ」って意味の事をさ。

とにかく**「大前提」**の何たるか、そこの認識だよ、まず。

常識を破るなら、大前提としての常識を識らないとね。

固定観念化した身近な常識をまずは疑ってみなよ。

例えば、そのう、ＪＡＺＺや〝広義の黒人音楽〟を研究するのなら、サム・テイラー（※１）もＪＡＺＺの範疇に収めて、その上でだね、「あんなもんＪＡＺＺなワケねえだろ！」とアタマゴナシにケナしたり、キメツケたりしなきゃ、そいつぁ黒人音楽評論家でもＪＡＺＺ研究家でもないよ、俺から見れば。

何方道《どっちみち》、サム・テイラーをハナから舐めちゃいかん。

でも、だからといって、サム・テイラー視野に入れても、あとはせいぜい……そうだな、ニニ・ロッソぐらいにしときなさいよ。

ポール・モーリアまでＪＡＺＺになると、**「悪フザケ」**になり、度を越すと、墓穴掘って、自滅して、消える、っていうか、消えた奴がいて……多分、今、否、一生閉鎖病棟か、もしくはもう死んでるかもしれないな、その元編集者。

勝手に「幻の名盤解放同盟」って名刺に刷ってた奴がいてねえって、そんな奴の話……どうあれ、生きてようが死んでようが同じで、もうどうでもいいとしてね。

とにかく、云うまでもない**大前提**を踏まえて、まずはそこからの話だよ、**総て**。

で、ないと、イイ話、タメになる話を一気に大量摂取すると……。

ホラ、よく、難しい、頭良さそうな本を買って、本棚に何年も飾っておくと、殆んど、または全く読んでなくても読んだ気にいつのまにかなるもんでしょ。

今、俺の仕事部屋に入ってパッと目に入る本に石川三四郎(※2)の「虚無の霊光」って高校生の頃買ったヤツがあんだけど、1回も読んでない。只、当時のインタビューで、いつも「ゲーテ、ゲーテ、ゲーテがですなあ」ってゲーテばっかり本といえば語る水木(しげる)先生が、その時読んだ雑誌でタマタマ「石川三四郎の『虚無の霊光』がですなあ」と喋ってて、水木大先生様が仰る以上……と神保町を捜し回ったんだよ。

エーちゃん(矢沢永吉)の『成り上がり』を読んで、デール・カーネギーの『人を動かす』を読んだ奴は、結構いると思うけど、水木先生のインタビュー読んで「『虚無の霊光』読んだ」って水木ファンに会った事まだないなぁ。

——と、話戻ってだね、とにかく、イイ話、本来ポンと膝を打ったり、思わず目から鱗の落ちる話を、『虚無の霊光』みたいな本をズラーッと本棚に並べてそのままみたいにだね、「タイトル」だけ知って、読んだ、中身知ってる解ってるみたいな状態になってしまい、そもそも、成程って話には絶対に毒性やら毒素も含むから、下手すると、タメになる話は過剰摂取すると、むしろダメになる話にもなるんだよ、本編でも、又、云うだろうけど、とにかくタメになる話浴びて、石川三四郎全集読破したつもりになっちゃうと、あげくポール・モーリアどころか、「小学校のブラ・バン」まで、サングラスかけて「JAZZだよね」ってタバコ吸ってて、気取って、とにかく人生そこで終わっちゃった奴いるんだから、実際に。この本も、気をつけて読んでくれるように、一応注意しときますよ。そもそも、本当云うと、知らない、耳に入らない、聴かない、解らない、知ってても知らんぷりっていうだけで、本を書く、出すって事は、狂ったり死んだり、必ず犠牲者が出て然るもんだし、また、そういう本でないと、特に今、こうして夜間中学にお集まりの皆さんが求めている類の本は、そのぐらいの力がないと本としては「失格」なんだよ。

——ああ、いかん、のっけから、エビス（さん）並みの、否、それ以上の**正直**云い過ぎたけど、なるべくそういった方の狂う人間ばかりが出ない事（※3）を祈りつつ、じゃあ、「映像夜間中学」、いよいよ「講義録」始めます。

序章

のっけから扉の写真に**Ｙｅａｈ！**とばかり、自分の〝**遺影**〟が登場しますがね、これは「ユリイカ」94年9月号の——特集・**死の心理学**——の中に載った、自分の遺影なんだけども、撮影中はともかく、ここまで、デーンと遺影が、しかもカラーで載るとは思わなかった。

でまあ、フツウですよ、生きてんのに遺影撮られて、で、こうして載るってのは、まあ、気持ち良くはないでしょうが、俺は全然、ソレ自体は平気なんだけども、但し、この遺影、見るたび、そこで問題なのは、俺には、俺としては、どうしても悔まれる事があんだけども、ソレは何かっていうとね、コレ、この画面見て欲しいんだけども、俺は当時、**中高年のデブ専・フケ専のホモ**・ビデオ集めてたんだけど、その時のカメラマンの女史がなかなか**乳もでかくて、**イイ女だったんで、ついつい、その時に最も傑作で、今となっちゃレアーな〝豊漫〟ビデオ（※4）を貸してね。で、その後、彼女の身辺に色々あって、行方が解らなくなっちゃったんだな。だから、この遺影見るたびに、そのホモ・ビデオに出てくる中小企業の社長タイプのマグロ親父と、板前タイプの指使いがもうテクニシャンの2人のプレイとか思い出

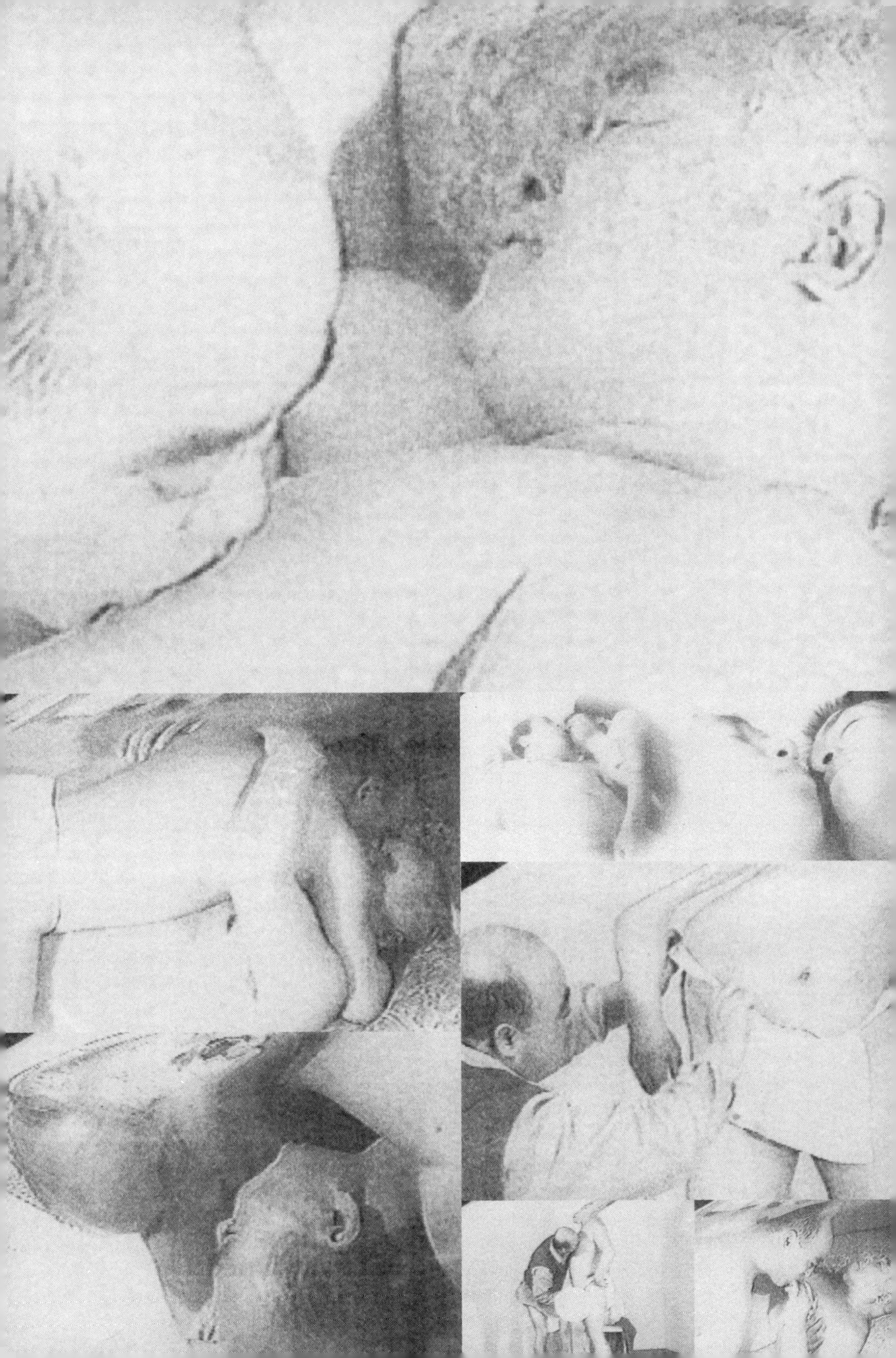

して、**「嗚呼、もう一度観たい！」**と、（遺影が）縁起がイイ悪いじゃなくて、思考はそっちへ行っちゃうんですよ。

さて、まずこれはキマリだから、最初に単行本**「電氣菩薩」**（※5）の一節を読み上げます。

＊＊＊＊＊＊＊＊＊＊＊＊＊＊＊

それは今から10数年前、「宝島」のインタビューで故・勝新（※7）（オイ、もうそろそろ死んでいる芝居止めにしていいか？　との声、本人より有り）のインタビューで、初めて**勝新太郎大陸**に上陸した時に勝さん本人の口から飛び出した言葉なのである。ちょっと長いがそれにまつわる箇所を全文転載する（尚、インタビュー文の纏めは盟友の湯浅学（※8））。

――勝さんは、傍から見ると波乱に富んだ人生を送ってらっしゃいますが、やっぱり人間というのは**偶然の積み重ねなのか。それとも運命**と呼ぶような力に動かされて生きていくのか。どう考えていらっしゃいますか？

「自分の性質が作っていっちゃうんだね。必ず、めげるような事件ていうのは、自分の性質だよ。

たとえば家庭不和になったとき、玉緒がとやかく俺のことを言ったとしたらね、運命じゃないよ、これは俺の性質が玉緒を幸せにしてるんだよ。世間から見たら『玉緒さん不幸でしょ。あんな思いして年がら年中あっち行ってあやまり、こっち行ってあやまり』って。かわいそうだとも思うんだけど。あんな、あやまるのが楽しいのもないんじゃないか（笑）。『こんどは、どないなあやまり方しましょか』って。そういうふうに玉緒に言ったら「そんなことありません！」って言われたけど。

運命でああなってるんじゃないんだよ。偶然なんてのもね、あんまりないんだよ。完全てのは、もう偶然にしか生まれないんだから。テクニックで生まれた完全なんてなァ、ないよ。これをポンッと置いたとき（煙草の箱を投げる）『電話の横へ行ってくれ』って俺が祈って、そこに行ったんだから、これは完全じゃないか。テクニックじゃないんだよ。完全てのは、今生まれるか、１年間続けて生まれないか。（著者注※これを唱えて『**偶然完全**』と呼ぶ）

それを運命って言うんだろう。自分の性質でもって、ケンカ、人のためになったならなかった、それからいい人とめぐり会った。やっぱりみんな性質だろ。ずるくめぐり会った運命だったら、すぐになくなるから。自分の心でもって、こういう人と、あいつと会いたいなって思うんじゃないいんだよ。そういう心を持ってたら、必ず、そういう人たちと会えるから。会ったら一生づきあいになっちゃうから。今日ここで会って、これで終わっちゃうんじゃないんだ。といって明日からこの話しするったって、お互い忙しいし。これから10年もずっと会わなくても、10年てのはもう、これはつき合いがあるんだよ。どっかで、それぞれ仕事するんだろうけども。俺はほら、皆の中に入っちゃうからな」

――たっぷり入ってます!

「でも、それが、俺を連れて歩いてっちゃうから、めんどうなんだよ。どこに行くにも。他の俳優さんと会おうが、どんな人としゃべろうが、どんな大学教授と会おうが、**ソクラテスと会おう**が、誰と会おうが、犯罪者がいなくなったら世の中どうなるんだってことも含めて、俺を連れていつも歩いているようなものなんだから。こりゃ、もう、つき合いじゃない。もうずっと一緒にいるってことなんだ。」

――実は以前からつき合いがあったんです!

「もうずっと前からつき合いを持ってたんだよ。ただ俺が知らなかっただけで。ただパッと会ったときに、そっちが**俺のことよく知ってる**から、**俺も知ってたんだよ。**

そういう、**この空気の中に電氣菩薩みたいなのがいるんだよ。**空気が俺に、**そういう風にしてくれるん**だよ。**太陽がこうやって来て、**ここへ来たら**太陽も**あたってる。**これが雨だったときは雨がそうしてくれたと思うし。**

『宝島』って本がどうして俺のところへ来たのか知らないけれど、**何かで、フッと俺のところへ来たん**だから、**俺はフッとこうなったん**だよな。」

＊　＊　＊　＊　＊　＊　＊　＊　＊　＊　＊　＊　＊　＊　＊　＊

えー、で、さて、この根本敬の「映像夜間中学」がアップリンク・ファクトリー（※10）で開校されたのは９年前、２０００年の10月20日で、その初日は背広で教壇に立ちました。ゲストは亀一郎で。

何故、毎回Ｔシャツなのに、この日だけ背広にネクタイだったかというと、その前にウェスティンホテルで**叶姉妹のディナーショー**があって、そこで**叶姉妹と「お友達」になっ**

たのであります。

「お友達」になれたのは、質疑応答のコーナーで、殆ど女の人の客の1人が「お友達はいますか?」と尋ねた時に、「いません。日本には……。でも、外国には沢山いますが。ねえ、美香さん」「ええ、外国には沢山います」

「日本人はスケールが小さくて、よく2人で云うんです。『鰯には鯨の事は理解出来ないわね』って」

そして次に、この様に云いました。

「でも、今日ここへ来て下さった皆様は、全員、私達の友達です!!」

そんなワケで、この自分と、あと同行した湯浅学と『スタジオボイス』の松村さんも叶姉妹とはその日から友達ですが、一度も電話もないし、年賀状の一枚も来ませんが、とにかく叶姉妹が公の場でそうハッキリ云ったんだから友達ですよ。

その叶姉妹が、蛭子さんが新しい奥さんと入籍するという時「60才ケジメ婚」というピントの惚けた見出しがスポーツ新聞に載ってましたけどね、それを更に叶姉妹が「蛭子さんは今年最高の男性ですわ」とかなんとか、何故か大絶賛したのを覚えてる人もいるでしょう。

自分も、一瞬首を捻りましたが、コレ、最初に聴いた時に。でも、本質的なところを考えると双方は通じるところがありますね。

とにかく、形、カタチ、仕草、目に見えるもの、色、色即是空の色、エロじゃなくて、いや、**エロでもあるか、大いに。**で、「心」はハート・マーク、開けると空（から）に成ってて、器の中の幻想でね。形式に喚起されたナンかが、素粒子の世界では起こっているのかもしれないが、とにかく空の器。そういった、実体の不明確な、心アルだのナイだとかは、二の次、或いはハナから問題外でね。とにかく形とか形式或いは様式の在る、**現実として目に見えるそれが喚起するもの。**それが、その現実が**総てです**から。多分、叶姉妹もそうだと思うんだ。

蛭子さんには神なんて最初からいるいない以前の話で、もし蛭子さんにとっての神があるとしたら現実が、現実こそが神そのものって人ですから、他人の目に映って解る行動は総て、イイ人、気の置けないって、ホントは置けるんですが、でも、もっと本当は置かせてるようで置かせない。とはいえ、とにかく傍目にはイイおじさんです。

疲れてても、「この信号、右に曲がれば、すぐ俺んちなんですけどねえ」と通常嫌味になる様な事を正直に、信号や、**角を曲がるたびにいちいち口に出しながら、**必ず家まで、車で送ってくれますし、あと、ロフト・プラスワンで、（出版社の）マガジン・ファイヴが「蛭子全集」発刊イベントをやった時に、ゲストに知り合いを沢山、編集が集めながら、10人近く呼ばれたゲストらに、ひとりアタマ千円くらいしかギャラが出ないと知るや、そんな時「自分もそうされたら凄く嫌だから」という気持ちの働きにより、自腹で1人につき1万円ずつ上乗せしましたからね。こりゃあ、イイ人のね、善人の行いに見えるけど、裏返せば怖いって話はともかく、そのくらいイイ人です。

と、こう聞けば思いますが、要点を云いますと、相手の心を思いやってというのでは全然なく、そうされた時の自分の心を至極思いやっての行動だっていうところ。コレを怠る事なく全生涯に渡り実行すれば、どんな言語道断な、ってコレがまた、凄い、鬼より鬼畜なヤツが沢山あんだけども、とにかく心の中で酷い事を平然と思ってても、他人の目からはどう考えてもイイ人に見られ、イイ人として生涯を全うするでしょうから。

心ん中は空の器で、現実こそ神として、が、行動面上はイイ人の振る舞いや形で示すところが、叶姉妹の動物的本能にダイレクトな共感を呼んだんじゃあないかと俺は勝手に決めてますけどね。特に、恭子さんは着ぐるみと芸風全然違うけど実は、中入ってるヒト（※後述）蛭子さんと同じかもしれないよ。

「60オケジメ婚」、……ケジメ、う〜ん、しかし、「けじめ」ってのは何と違和感ある言葉かねえ、特にあの御大には……。無関係だからね、「道徳」な意味としては。俺、何んか芸能欄に「けじめ」って書いてあるのを見るたび、マッチ（近藤真彦）とか、トシちゃんに押し付けてたメディアの伝統というか、イメージがあって、それ思い出すだけで、不快な気持になるんだよ。

たのきんの登場は、何しろオレにとってはパンク、に当たる体験だから。と、同時にトシちゃんのデビュー曲のB面（『君に贈る言葉』）なんて、**たのきん一丸と成った、HIP HOP、日本初のラップ**だよ、とにかく、当時、3人の芸のない素人が、大スターになったってのは、見た目と裏腹に凄い暴力的なものに見舞われた感じを受けたよ、当時。そんな事、茶の間で何人が感じてたか知らないけど。

んで、まあ、そりゃあヨイとして、蛭子さん、前の奥さんを亡くして49日どころか一ヶ月も経たないうちから、「さあてと」と、新しい奥さん探しに即、行動移した人ですからねえ。やっぱ仏も神もなく、**現実が神の人だから**「死んだものは敗者」だと。人生はレース、レースっても勿論ボート、競艇だけど、だから「心」なんてのは、話ちょっとクドくなってますが、見せかけの中にしか、そこから相手の器の中に生じる幻想にしか存在しない。なんてややこしい事は考えてませんが本能で解ってんですよ。だから**形、とにかくカタチ、見せかけを大切にしましょう**というのが叶姉妹の共感を呼び、ならば恭子さん美香さんという私のお友達ふたりは、私とは〝もっとお友達〟（※11）の蛭子さんの〝心ない心〟のよりどころが直勘（感）的に**解つた**んだと思います。

はい、ストップ！（と云って人差し指と中指を立て突き出す）ここまでが枕。で、これからですよ。施しとか、功徳、つまり、「徳」とは何たるかについての、ためになる「お話」、法話ってんですか、それをこれから話したいと思います。

あ、「徳」という文字の中に行いも心もありますね。ですから、今、話した3人の例外的な「友人」とは関係のない、全く別の違う世界の「心アル」友人の体験です。

●あなたのお身体、お流しいたしますわ！

出会うのが40年遅れた、と互いに云い合う、3歳下の〈幼馴染み〉なんですが、ちゃんとスーツにネクタイで会社に勤める社会的には立派な部長なので、この幼馴染みを〈部長〉と呼びます。

〈部長〉は両方OKなんで、2人のお子さんって、もう大人ですが、息子さん、娘さんも一人前に育て上げてから、後は俺の好きなようにやらして貰うぜと、暇をみてはサウナ、個室ビデオ、そして公衆トイレなど、所謂〝ハッテンバ〟へ出掛けます。

ハッテンバにはハッテンバの暗黙のマナーが何処にもあり、例えば個室ビデオの話など聴くと侘びとか寂びとか、〝茶〟の精神に一瞬触れた感じがします。

隣室が覗けるようになってて、まあ、その覗き穴から、時に硬くなったヤツを突き出す穴でもあって、その話はまた後の機会にしますが、今からは覗きの話で、その男性がフウ、フウ、と自分でシゴイていると、あ……という〝間〟を見て、「如何いたしますか?」とばかり小窓からスウ～ッと手を差し出すそうです、この辺の間は元より、体の位置や、相手の目線、視野、視界、距離感など大変微妙な世界だそうです。

無論、話は「個室」から飛びますが、バスから降りる時に後ろから「土手行くか⁉」

BUS
バス

と土方がいきなり声をかけてくるという、――まあ、その直感（勘）は見事であるものの――とにかく無作法な状況もあるそうですがとにかくここでは「作法」でして……。

それで、個室ビデオですが、手伝って貰いたい時は貰いたい時の、「お断り」したい時はその様な侘び寂びがあって、

「失礼します。よろしければ、拙いながら、少しでもお助け出来れば、どうぞご遠慮なく……」

と無言に語る、スッと入って来た隣人の「手」はたかだか「手」に過ぎないけど、しかし、この「手」、差し延べた「手」ですね、それだけで、かの様に黙して語りかけ、片や、やはり黙して語り返すワケです。

それで、自分自身でその日は最後までいきたい時は、右手を激しく上下させながらも、片方の手を先方の手に向け「いえ」っと10センチくらいまで近づくや、サッと20センチくらいかな。

まあとにかくそのくらいの距離をおき、平手で、**「御好意、有難うございます。只、本日私は自身の手で終始行ない果てたく思いますので、誠に恐縮ですが、今日は御遠慮致します。次なる機会とご縁あらば改めて、その節は是非お願い致します」**と、こう

左手ひとつで、こう語り、礼を尽くし断るのであります、と。

で、今度、断られた方は、**「こちらこそ、大切なところで、無粋にもお邪魔致しました。失礼の程、何分にも若輩者でありますが故、お許し下さい。ではどうぞ……」**と。

ここからはお悔やみの挨拶ではないが、最後まで明確に語らずゴニョゴニョとフェイドアウトして、って、実際には最初から言葉は発してませんが、それを「手」はそれ以降語らずに自分のエリアってえか部屋の方へ引っ込めます。が、マナーとして、手ゴキ・ヘルプ……**あ、手ゴキではなく「手コキ」**。「テコキ」。ここポイントね。ホラ、エロ本《ほん》とエロ本《ぼん》じゃ違うでしょ？　ニュアンスがさ。とにかく連続してコキコキとコク。と、部長が、くれぐれも、と強調してました。あー、それで、テコキヘルプ。中黒（・）もトルツメで。

とにかく手コキヘルプを〈お断り〉されたからと云って、覗き窓から、ソレをじっと眺め、最後まで、「あー、あぐ、行ぐ行ぐ、あぁ、行ったァ」と、その先輩が自身の右手で果てるまで、ジッと見届けるのは、大切なルールです。

というか礼儀です、作法です、お勤めです。

「手」と「手」或いは「掌」でこれだけの会話の成り立つ「場」に茶道の世界を私は感じる、といったワケなんですが、如何でしょう？

●スピード、グルー&シンキ

——さて、いよいよ「徳」の話です。

駅や公園の公衆トイレというと汚いイメージがつきまといますが、由緒あるハッテンバとなれば、トイレ↓便所↓厠にはまた、そこでの作法というものが存在するそうです。

ある日、〈部長〉がよく立ち寄るハッテンバのトイレへ入ると、袈裟を着た曹洞宗の坊主の姿が目に飛び込んで参りました。

初め〈部長〉は「何んでこんなところに突然坊さんが？　まさか……」とノンケの坊主がたまたまハッテンバと知らず只、用足しに入ったものと思ったそうですが、しかし、よく見ると、その坊さんは両の手を合わせ、目を閉じ、聴こえぬ読経をしているのか、唇は微かに動き、下半身から立派な摩羅を、そそり立てて**「待っていた」**そうです。

〈部長〉は慌てて、隣の便器に立ち、即座に、そそり勃つ立派なお宝を心を込めてシゴき、坊さん、否、僧侶を大量の精液と共に、心地良く昇天させてあげたそうです。

さて、それから数時間後です。２００７年3月25日午前9時41分、能登半島で震度6強の大地震が起こりました。

〈部長〉の実家は能登で、しかも震源地の輪島市は正に生まれ故郷で、今でも兄一家と両親が住んでいます。電話も通じず、連絡も取りにくいので、〈部長〉はとにもかくにも、実家のある能登へ向かいました。

すると、現地はテレビの報道以上の大きな被害で、震源地である故郷の輪島市一帯は壊滅状態でした。が、しかし、どうした事か、只、一軒、部長の実家だけはポツンと建ち、ご両親とご家族は全員無事で無傷でした。

実家の安否を確認すると、次は、先祖代々の墓がある、菩提寺へ向かいました。

その寺は曹洞宗で、元々、今、鶴見にある総持寺が移る前は、曹洞宗の「ご本山」だったお寺だそうです。

しかし、墓地も無惨な廃墟と化してました。〈部長〉宅の先祖代々の墓石も実家の様にポツンと建って……、とはいかず、他の墓石同様に崩れ落ちていました。

直下型ですから、墓という墓が一瞬ポンッと真上に跳ぶカタチで宙に浮かび……、それの映像があったら凄いものでしょうが、ええ、それで、とにかくどの墓石も地面に叩きつけられ無惨に散らばっていたそうです。あー、散らばってたというより、むしろその、メタメタになぎ倒されたって感じで、まあ、とにかくカオスっていうかね。

ところが、〈部長〉家の墓石だけはポーンと舞った後、垂直に地面に叩き付けられ、雪の結晶の様に、均整のとれた、美しい、とにかく、「雪印」のマークの様な形で……、蓮の花の様でもあったって云ってたかな? まあどうあれ完璧なバランスで散り、その荒れ果てた、残骸の中で、妙なってえか、この世の物とも思えぬ美しさをたたえていた、という事です。

と、そこで、「ハッ」と来るわけ。〈部長〉は昨日の、いつも行くハッテンバに突如現れた僧侶との遭遇と、差し延べた右手に心込め、上下し昇天させた一件と、この一連の出来事が**施し、施され、**と、全身、全神経感覚でピーンと勃って障子を突き破ったというか、感じ、ひとつに繋がり、私と2人でしみじみとこの話を味わい、正に「徳」とはこういう事なんだと、健康ランドの……、ああ、そこ、**露天風呂がハッテンバ**で、元々焼き肉屋が継ぎ足しに継ぎ足し、風呂がウリの大娯楽施設に成ったんですが、先日ツブれましたがそこの閑散とした宴会場で、飯喰いながら、ショボイ、カラオケをバックに、互いに深いものを噛みしめましたよ。

尚、その僧侶は計った様に2度とそのトイレ、もとい、厠殿には、以降姿を現さないという事です。

ところで、この話を「夜間中学」で初披露した後、カトウさんが、家に帰って、睡魔に襲われながらテレビをつけると、**「タモリ倶楽部」**がパッと映り、奇しくも、丁度、各宗派の坊さんを集めて、各宗派の僧侶のファッションショーをやっており、ボ〜〜〜ッと見ていると、これも、タマタマというか、ワザワザ曹洞宗の僧侶が履いている下着に色がついていて、タモリさんの、「そんなとこ綺麗にしてもわかんないんじゃないの?」とのツッコミに、その曹洞宗の僧侶が、「トイレでチラ見せするのがおしゃれなんですよ」「ええ、おしゃれですのよ、ねえ美香さん」とカトウさんの頭の片隅で出演してるワケでもない叶姉妹も同意して、「ああ、あの〈部長〉に見せるのかなァ、解るワケないかしら……」と考えたらドッと疲れが出て、カトウさんは居間でそのまま寝てしまったそうです。

いずれにせよ、こういった念の入った「ワザワザ」が常に身辺には実は伴うので油断なりません。

そんな事で、『**ワザワザ侮れず**』と、『**空気の中の電氣菩薩**』はよく覚えといて下さい。

あと、「タマタマ」も一応。

あと手ゴキでなく手コキですから、それもくれぐれも……。

えー、あー、と。「法話」？　ん、「講話」だか、タメになる……まぁ、人によっちゃ、ダメになる話かもしれないけど、も、一応、ホトケの道を語るんで、です、ます調で喋ったけども、あともう、普段通りにバァ～ッと喋って、あと、話、色んなとこ飛ぶから、適当に皆さん頭ん中で自分のＭｉｘしたＶｅｒｓｉｏｎを組み立てて下さい、ね。ま、偉そうな事をこれから喋っても、「天才バカボン」の、バカボンのパパが大工やって家建てる、**「ハリとカモイがシキイなのだ」**みたいな「講義」……録だもんで、まあ宇宙自体、アインシュタインもホーキング博士の研究も虚しく、バカボンのパパが建てた家みたいなもんだから。

……でも数式ではきっとピタッと一致するように、あのレレレのおじさんの家の出来上がった図面を起こしたら、そう成ってんだろうなあ。だからソコなんだよなあ……、うん。

で、最初の章に、句点がわりに、何か一応オチつけなきゃなんないから。

さっきの話の終わりの方に「油断ならない」って、ワザワザは侮れないってな話をしたんだけども、あの清酒の方の「電氣菩薩」（※12）を発売してる、喜久盛酒造の5代目藤本、おっと藤村卓也社長の就任5周年記念イベントで、盛岡行って、打ち上げで冷麺屋に入った時に、気のイイ若い兄ちゃんが前の席に座って、とうじ魔さんの文殊の知恵熱（※13）のメンバーの松本さん。

松本明則さんの所に、東京に住んでた頃に、よく手伝いとか、遊びに、とか行ったたってんだけど、人間関係図よく分かんないから、ある時、内心「松本さんは根本敬の漫画なんか読まない、知らないんじゃないか」と思いつつ、尋ねたってんだな。

そしたら、松本さんが、「根本さん、昔っから知ってるよ」って話になって。っと、……そりゃあよくあるパターンの偶然として、次ね、問題は。肝心なのは次ですよ。

その彼が、えーとたしか、高野山か。高野山行ったら、それとなしに案内してくれる坊さんがいて、えーと「根本院」いや、根本堂だったか、とにかく、そういうお堂みたいなのがあって、ガイドの坊さんがその根本院……でいいんだよな？　ま、その根本院では、ずっとこまめにチェックして火を年中無休24時間灯してんだって。

それで坊さんが云う「そのために常に油を断たない」。

そう心掛けてる事を油断の語源だって喋ってる丁度その刹那。瞬間だね、阪神タイガースの帽子かぶった、〝イイ小学生〟が、５年生ぐらいの、ソレが、その瞬間とシンクロしてて、彼氏はソレ、**見逃さなかった**んだな。一瞬、阪神タイガースの帽子かぶったガキがバアッ通り抜けたのを。ここでのポイントは「タイガースのマーク」が高いかな。

で、彼氏に云われて内容、何書いたか思い出せなかったけど、そのちょっと前の「アックス」のコラム『近況』に、油断すんなって話を俺が書いてんの、読んだばっかりで、それで、その阪神の帽子のイイ小学生……「阪神のイイ小学生」って、この場合、ニュアンスとして、所謂**「イイ顔」**って時の「イイ」……**「イイ小学生」**なんだな、顔がどうこういうより、在り方とか現れ方がね、色々含め。

でね、その一瞬を、見逃さなかった彼氏が、思ったってんだ、「ああ、根本さんの云う『油断するな』とはコレか」って。

この時の彼氏は、昔っからの話を、その由来を、唯、説明してる坊さんより「徳」があるってえか、「位（くらい）」高かったと思うよ、絶対に。

阪神タイガースの帽子を、一瞬、目にあのマーク入れるってさ、そのタイミング逃さずに。

とはいえ、何でもないっていやあ、それだけなんだけど、でもその何でもなさが大切なんですよ、改めて。

さあ、それで、又、〈部長〉が登場するんだけども、〈部長〉は昔、スポーツ・インストラクターもしててさ、アメリカだったたか、とにかく外国で勉強したりしてて、俺は、首とか、肩とかが凝ると、最近、テーピングして貰うんだけど、その時に、上半身、全部脱ぐワケよ。まあ、健康ランドで既におチンチンは見せ合ったけどね。

話ちょっとそれるけども、「大番」ってサウナあるでしょ、浅草だの上野……上野はデブ専が盛んだって云ったな、まあどっか都心とかに何軒か。「さぶ」とか「薔薇族」なんかに広告載ってて、社長が見た目、**杉作J太郎とか水野晴郎先生の系統**でレコードも出しててね、番三次郎。**番三次郎先生。**

その浅草にある大番の本店が、サウナやめて、「回転寿司」と、ラーメン、カレー、サンマ定食、ビフテキ、チャーハン、何んでもアリの「大衆食堂」にある日、変わったんだよ。で、「大衆食堂」と、「回転寿司」コーナーに仕切りがあるんだけども、まあ、そこだけじゃあないけど、全体にサウナ、人と人が出会いハッテン……って、とにかくまあ元々サウナだったたのを改装したから、寿司コーナーへの暖簾くぐる辺りでも、名残があるんだな。

その時は、**「あの暖簾をくぐるのは次だ」**って、まず大衆食堂の方で「握り」を喰ったんだけども。**「握り」をね。**

で、話は〈部長〉のテーピングに戻ります。

ここで、油断がね。

「たまプラーザ」ってとこの東急の飲食街で逢い引きしてね。で、「徳」とかホトケの道とか、人生とかハッテンバの話をして、帰り際、いつもの通り、肩から首の凝りが激しいから、テーピングをお願いしてね、でぇ、さて、どこで上半身裸になるか？　って話になる。

そしたら丁度、トイレに誰もいなくって、〈部長〉も、**「もし見られたら見られたで噂になって、ここが、ハッテンバにいつの間にかハッテンするのもイイし」**ってんで、**「ああ、そりゃもっともだ」**と俺も思って。

で、2人で大の方、個室にススッと入ってね。で、中で俺が上、裸になって、テーピングして貰って……。それからその間、何人か用、足してる音や気配があって、それで、テーピングも無事に終わって、さァ、次は出るタイミングですよ。

2人で耳を澄まして、しばらく静かだったから、「こりゃあ大丈夫でしょ」って、ドアを開いたら、**真ん前に、掃除のオバさんが立ってて**ね、すぐ、向こうが目を逸らして出てったけども、肉付きが良くて、浅黒くて、アレ、どっかで見たなと思ったら、**「世界平和音頭」**っていうレコードがあって、ポリネシア系のオバさんだかお姉さんだかが、和服着て和太鼓叩いてるジャケットのヤツがあって、「ああ、あのオバさんに似てんな」とすぐ思ったな。

しかし、まあ、こりゃあ、正しく「油断」ですね。

「いやあ、いやあ、私とした事が、こういう事は慣れてるのに」と部長も頭を掻いてましたが、確かに「油断」したとしか云いようがない。

でも反省するとかしないとかって類の話じゃあないけども、「油断」はしないように、って、まあこの辺で次の話へ。

あっ……でも、この時は「油断」してむしろ良かったと思いますね、時に、油を断って、真っ暗にする事もまた大切なんでしょう。

阪神タイガースのマークと「世界平和音頭」のジャケ写がひとつになった、つまり、秘かに結ばれたんだから、っとも云えますよ。何しろ、「夜とか闇にこそ本音の世界がある」って、**尊敬する相原（信洋）**さん（※14）もおっしゃってましたしね。

……うん、前向きな油断。それには**無意識を鍛えろ**ってワケです。

これから、その方法も念頭に好き勝手、思うままに喋ります。
よろしく。

（了）

ファクトリー アウトレットショップ
DKNY
GUESS
ESPRIT
この先すぐ
インド料理
ナマスカ

本編

前半

深沢七郎。
気ぐるみもしくは
玉葱よろしく

皮を剥いで行くと
中から出て来る人は同じ
アンタ知っとるけえ？

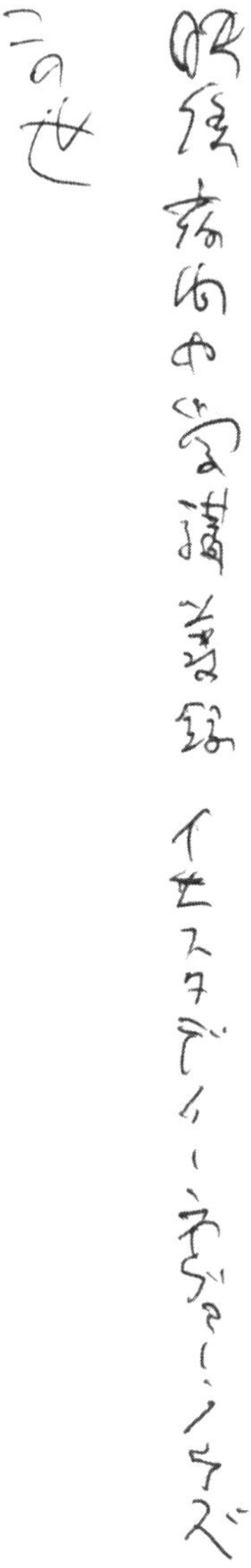

――盲導「暴力団員」は盲導ボディコンに変身したハンバーグに栄養はあるか？――

この約、10年、殆どの読者の方が、根本敬は一体何をやってんのかと、常に不明瞭で、疑問に思ってもいるでしょうから、最初に説明しとくと、話し聴く程、解らなくなるだろうけども、一応その説明からしときますと、要は「借金の返済」ですよ。誰にって、奥崎先生への。

神軍平等兵、既に故人となられたが、あの奥崎謙三先生（※15）が、出所され、でまあ、色々あり、本当に色々ね。で、早くも、あれから10年たった日、バラけていたアレコレソレソコが俺のエリアでもある、ひとつの「半径4次元メートル内」に加速的に収斂されて行く日々の兆しがありました。勝敗なき勝負に「負けたように勝ち」そして「忘れるように覚える」もの、または答えやヒント、今後のとるべき方向が次々と勝手に明確になってきました。

映画「神様の愛い奴」での苦い思い、他。

……から得たものとは、やぁ実に何と大きなお宝か。だがでもまあしかし結局〈人生思い込み〉なら、その自分自身の「物語」にどう筋道をつけ、そこを通すか。「意味はないが理由はある」にのっとり自分の中にずっと秘め、かつあたためたり問うたりしていた、「この10年」という物語のあらましをお伝えします。

10年前に何方道——これ、奥崎先生流の当て字で、ナンポウドウと書いて、どっちみち、と読むんだけど、実にロバート・ジョンソンが佇む、クロスロードそのものな字面ではないですか。ちなみに、ロバート・ジョンソンってのは、昔いた天才ブルースマンで、クロスロードで悪魔に魂を売ってギターの秘技を伝授されたとの有名な伝説があるんですが。

あー、それで、'66年8月20日、府中刑務所より娑婆へ出ましたる、悪魔ではないけども、〈自称神様の傀儡〉に「糸のないギターを弾いてみせる秘技」を教示されたワケです。

糸のないギターってのは、元、安藤組組長で、後に俳優になった、安藤昇先生が映画「玄界灘」主題歌『黒犬』の中で、「♪糸（弦）のないギターを弾け、小僧！」と凄むシーンがあんだけども、安藤昇にそういわれちゃ弾かない訳にはいかないよなあ、そりゃ、たかだかギターの弦がないぐらいでさ。この辺、ぴんから兄弟、熱唱する宮史郎さんではなく、その横に佇む故・宮五郎先生のギターに教わるところもあるんだけど、それはまた別ん時にして。

で、ロバート・ジョンソンの様に魂を売りはしなかったが、とにかく俺はその神様の傀儡に糸のないギターを弾けって怒鳴られ、その方法を教示されたワケです。で、ですね、後日請求書を見ると、**「¥10年かけて貯めた1円（玉）也」**とあり、ビックリしたね。

その極めて難解にして難儀な、1億や10億円よりやっかいな額面ってのは、かつて天久聖一君が『コロコロ・コミック』の同「バカデミー」審査員時代に来た小学生男子の投稿ハガキが出典なんだよ。かなわない発想だとすっかりヤラれたね、この〝巨額〟には。とにかく、想像を超える大金を要求され、その借金返済のため10年間、かつての第一線（当人比）をそう呼ぶならその一線を離れる事を余儀なくされ、とにかくひたすら2～30cm程の地下に潜み返済に努めんと首をひねるばかりだったワケですよ。で、月に1度、タマに渋谷に出て夜間中学やるくらいで。

それで。果たして神様の傀儡が現れ教示を受けるに至るあの日から丸10年経つ07年、8月20日を前に借金返済より解き放たれるのか、ナンダカよく解らぬままズルズルと必死だったが、19日さる在日朝鮮シンガーソングライター（67才※当時）より、「俺と20年以上付き合って散々食い物にし、金儲けしやがって、このイカサマ詐欺師のゴロツキ野郎どもめ」と幻の名盤解放同盟3者へイッキに送られた10メートル以上に渡るファックスのロール3本を見て「その御仁を散々利用して儲ける？　掠め取る？　さてそれは如何程の大金か？」と考えるうち、そうか！〈10年かけて貯めた1円〉とは、このピンハネにヒントありや！とようやく気づき、すると同盟3人不動産シンガーソングライターから25年もかけ何と2円50銭荒稼ぎしその大金を3名でこっそりと山分けしていたのだったのであるのだな、そりゃ何と極悪人悪党守銭奴たるか……。

と、思った瞬間スッと「請求書」が腑に落ちるのを感じたので、「嗚呼、期日直前に返済が間に合った」と思ってホッとしたのでした。さあこれから「元」をとり返すぞ、さしずめ還暦までには1円……47銭ぐらいは稼いで稼いで稼ぎまくるぞ！　と元を取り返してなお余りあるという大金を志高く設定いたしました。

という訳で07年8月19日は返済完了の記念すべき日なんです。……と、いう以上の話を今・後・生・き・る、と。そういう事です！

人生、金じゃないんだ！　**と云う為にも、**お金はないとねえ……。だから稼がなきゃならんのですよ、ホント。

あ、ついでに云うと、よく「金の切れ目が縁の切れ目」って云うけど、確かに生きて行く上でお金は大切です。が、人間関係、例えば夫婦なんかがお金の問題で何だかんだあって、結果離婚してしまうのは悲しいもんだよね。たとえ生活に困窮しようとも「金の切れ目が縁の切れ目」という言葉には決して従いたくありません。しかし、「亀の切れ目が縁の切れ目」と、「金」を「亀」に置き換えると、どうもいたしかたないと、個人的にだけど、説得力を感じてしまいます。

どこのご家庭でも、家庭内で面白くない事があると、どっちかが、プイッと家を出る事があるかと思います。

以前、そういう状況で腹を立てながら家を出たとき、追い討ちをかけるかの様に家の者から、「亀が逃げた！」というメールがあってね。

原因は家の者の不注意なんだけど、相手は〈全部アンタが悪いモード〉だから……。亀は縁日の亀掬いから10年かけて育てたやつで、すごくガックリ来ると同時に怒りが込み上げてきて、心の中で「亀の切れ目が縁の切れ目なら、離婚もやむをえん」と考えたりしながら一人苦みばしった顔で珈琲をすすっていると、そこへ、「亀が見つかった！」という連絡があって、ホッと胸を撫で下ろし家へ帰った。

……そういう経験があります。

しかしそれにしても、都会の亀はもはや冬眠などしませんが、冬場となるとやっぱり食欲は落ちて餌の量が激減……普段はよく食べて、糞・小便も沢山するんだけど、亀の側は毎日ボンヤリと時を過ごし、どうそれを感じているか定かではありませんが、毎日餌をやったり水をとりかえる必要もないから、飼う方としては楽ではあるわなぁ。

――フリー・アズ・ア・バード……鳥の様に自由であれ、それが其の次（二番目）に大切なもの。と、生きていれば今年70才のジョン・レノン。さて、ここで問題。では、一番大切なものは？

A．残尿感のない生活　B．ボディコン復活　C．恐山　D．有価証券　E．ガッチャマンの主題歌――

さて、この自分が漫画家となるに赤塚先生と並ぶ、双璧、水木しげる大先生と、過去、「ガロ」のパーティーなどで、最低4回はお会いしているが、そのうち3回は会話や挨拶もそこそこに、「トイレはどこですか？」と訊かれ、「あの突き当たりを右に入ったところです」といった事をほぼ毎度繰り返すのでありましたが、ある時、ハッと気づいたワケですよ。

バカげているのを承知で云うが、この漫画界にカーストみたいなのがあって、今やバラモンたる水木しげる先生の人生のうち、3回程トイレの場所をお知らせする役割をカーストとして担い、それを果たすため漫画家にされたのかもしれないし、また同時に、「トイレはどこですか?」というのが導師(グル)としての水木先生より与えられた、というより示された、水木漫画をルーツとする**「ガロの漫画家」としての自分にとっての命題**なのかもしれない。

「アンタ、水木さんにパーティーで会ったら、一生の内、3回か4回、『トイレどこですか?』って訊いたら『アソコです』って教えなさい。そうしたら、あとは好きにしてて良いですから。ハハハ……」

そう告げられたものとして、なら、この夜間中学で、こうして皆さんの前で、毎回、訳が解んないけど偉そうな事をこうして足かけ9年も云い続けてるという事は、皆の、受講生一人ひとりの、とにかくその人に合ったトイレの在りかを教えている、または探すヒントを与えている、とも云えるワケです。

かつて、ジョン・レノンは、自分達、ビートルズがやった事を、「皆に泳ぎ方を教えただけだ」と云ったが、ならば、この夜間中学は、「皆にトイレの在りかを教えただけさ」と後年そう、

燃えつきた地図
あっ見て大へんだ
燃えてるる
ボォ
あれえ
大丈夫ですかあ
いいけど地図が燃えちまって困ったわい
燃えつきた地図
地図がなくなりお困りとは…
どちらへ向かおうとしてらしたんですか
便所
な〜んだ
トイレならほらそこに公衆トイレが
男 女 便所
ダメダメ
あの地図にあったトイレでないとあたしゃダメなの
WHY?
だってあたしゃ…
男でも女でもない(両性具有《フタナリ》でも)第3、否、第4の性だから
うぐっ

所沢店
すし
そんなワケで
第4の性、が家を それを開脚されたた 彼らの目にしたもの 大変気になりますが ですか…
そもそも絵を そんな特殊トイレの存在自体が どんな形状なのかよく まァ存在したもんだとか 背景が気になるのですなっ
成程。
それで小便は結局？
漏らしちゃったそうです
もうダメだゴメンナサイ
ジョ
うわァ

青林工藝舎刊「命名」より

クールに曰いたいものでアリマッスムニダ。

しかし、トイレは侮れませんよ、皆さん。

森田岐子先生の有名な「魔界　わらべの唄」という漫画は、訪問販売で出向いたお屋敷で急に尿意を催し、耐えられなくなった女性が、「失礼！」して屋敷に上がり、いくら捜し回ってもその屋敷にトイレがなかったという、そこが恐怖だというところが名作たる由縁の作品ですし。その漫画の話をした後に、編集のTさんが、マンソン・ファミリーの事件をパペットで映画化した「リブ・フリーキー！　ダイ・フリーキー！」をその晩、観に行ったら、「トイレはどこ？」という字幕を見たりね。

更に調布方面で知られる、不動産シンガー・ソングライター69才のJoon Zo HAINGという方の歌謡ショーに、10数年前に、アクツ夫妻という方が、応募して、ピアノ連弾でしばらく、レギュラーに加わってました。因みにこのローマ字表記はその方の漢字名をハングルにして、そのハングル文字を韓式ローマ字表記にしたものでアリマッスムニダ。因みにHAITAIと書いてヘテと読みPAIKと書いてペクと読む（※16）。だからペク・ナムジュンはいてもナムジュン・パイクなんて名前の人韓国にはいない……と、話それた、戻ろう。

そんで、ある時、Ｊｏｏｎさんが夫妻の家を訪ねてから、夫妻は二度と歌謡ショーに現れなくなったんだけども、川、おっとＪｏｏｎさんが仰るには、「あの人達の家ったら、トイレが凄く変な位置にあるのよ」との事だったんだけども、さて、一体、どんなトイレの位置で、それが何故、二度とピアノ連弾に夫妻が現れなくなったのか、川、ああ、Ｊｏｏｎさん（任意に基づきクドく表記するとＧｉｅｏｏｎさん）と何があったのか？　とにかく森田岐子先生の作品の読後に考えると怪談めいた、恐ろしげで不思議な話です。

因みにアクツ夫妻は、服装も髪型も60年代のＧＳのママ、止まり、そのまま歳をとったような当時40代の寡黙なカップルでしたね。

●じゃあおめえ頭の方持ちな。俺が足を持ってやらあ

しかし、トイレの落書きにおける審美眼の第一人者といえば、とにかく歩き回るのでも有名な、覗き・盗撮カメラマンの篝一光（※17）さんで、そのトイレにおける美術談も素晴らしいんですが、でも、篝さんの事を思うたびにいつも思い出すのは、あの嘆きなんだな。こ

の話に思考が及ぶたびに自分が幾ら愚かでも、人間の愚かしさの壁にまで成れないと、思ってしまう。愚かも壁になるまでにはソレナリのものが要る。

大きな公園で夜、夜中、覗きがウロウロするでしょ、で、覗きの世界でも、俺の漫画でいやあ吉田佐吉（※18）みたいな奴が必ずいて、そいつを中心にグループを作り、一番良い場所を独占して、力の弱い覗きたちは、後ろの方のよく見えない場所でスコスコやるっていう話でね、そう云って篝さんは嘆くんだよ。

「最も自由であるはずの覗きの世界でも、こうして力関係を働かせ、人間って奴はピラミッドを作ってしまう」って。

と、今、浮かんだんだけど、蛭子さんが奥さん（前の）と付き合い出した頃、勿体ないからって一度もホテルを使わず、全部、公園で夜ヤッてたんだけども、元々、無防備だからね、ありゃあ相当、気付いてないだけで覗きに遭ってたのは間違いないとして、俺がタマンナイのは、正に蛭子夫妻（前の）全裸ファックをだ、まあ全部脱いでたかはともかく、蛭子さんカップルがスクスクしてんのを見ながら、片や、スコスコとセンズッて汁飛ばしてた男が相当数、**この世に存在していたであろうという事実。**

それ想像すると、何とも云えない。イヤァ〜な〝ブモール〟だね、気持のよろしくない。でも、その蛭子さんカップルの、男優エビスヨシカズによるナマ本番ショーの席にランクがあって、公園での力関係のツテや権力のある奴が、良い席を占めると考えると、弱い者、年寄りや身体の不自由な人達を「どうぞ、どうぞ」と前の席を譲るとか、そういう「思いやり」くらいくれてやれ、このゴロツキが！　って気持にはなりますわな。

そういやあ、俺、ブルー・ハーツ1枚だけ持ってたな。

「人にやさしく」

……それですよ。

——あ、部長が云ってたなァ、中にはその公園のトップに優れた指導力の長《おさ》が立つと、ちゃんと、**民主化され、**「年寄りや障害者は優先的に前へ」って、そういう規律のしっかりした覗きの世界も稀にあるって。結局はトップに立つヒト、人材だなどこでも。でもいずれにせよ、「人にやさしく」ね。本当。

「人にやさしく」はデール・カーネギーじゃないけど、人を動かすから。というワケで、井上千津子さんの「ヘルパー奮戦の記」から、ひとつ読み上げます。

タイトルは「手強い相手」……。

＊＊＊＊＊＊＊＊＊＊＊＊＊＊＊

「ごめんください」と大きな声で呼んでも返事がありません。なんどもなんども呼んで、やっと返ってきたこたえは、「何も用はないから帰れ」の怒鳴り声です。

「これは手強いぞ」と気にかかりながらも、その日はそのまま帰りました。

この手強いCさんは、72歳。街並みから7キロほど離れた山間の村に、独りで暮らしています。働き盛りの40代に離婚して以来、酒びたり。隣り近所ともほとんどつきあいはありません。

翌日再び訪問。今日は何がなんでも家に入れてもらって、本人に会わなければと、粘れるだけねばってみました。

「うるさい奴だ。入りたけりゃ勝手に入ってこい！」

ということで、やっと足を踏み入れたのが、なんとも異様な臭気で、とてもがまんできません。玄関、部屋、廊下、いたるところに排便排尿、ところ構わずです。

悪臭と荒れはてた家の中の様子に息をのむ。かなりのひどさにも免疫になっているわたしでしたが、今回ばかりはもうダメ。とても勤まらないと逃げ出し、そのまま自分の家まで夢中で帰ってきてしまいました。中途無断欠勤というわけです。

しかし、逃げ出すということは、すべてがゼロになること。これでは負けです。わかってる。わかっていても、逃げ出したかったのです。

赤ちょうちんをくぐりました。――酒は涙か溜息か――のロマンとはほど遠い心境で、〝女だてら〟に酒を口にしたものの、すっきりしない一夜でした。

それが、再度挑戦する気にさせたのは、仲間の励ましです。

「投げ出してはダメじゃない」

「応援するから頑張って」

よし、負けてなるものか！　とわたしは、気をとりなおしました。

まず、民生委員や親戚を訪ねました。Cさんのことを一緒に考えてもらうため、わたしと同じ土俵にあがってもらうために。相談の結果、まずトイレの改装。次に部屋の修理、台所の改善という順序で、なにはともあれ生活のできる環境をつくることにしました。

しかし、Cさんはトイレがよくなったのに、うれしそうな顔もせず、相変わらず玄関や部屋の中で用たしをするのです。見かねて注意すると、「うるせえ、さっさと帰れ」と怒鳴りちらして、裏山へ行って用たしをしてくる始末です。

2ヶ月ほどは、悪臭のままの生活でした。

それでも、親戚や民生委員、近所の人達が顔を出し、声をかけるようになってからは、Cさんも自分に関心を寄せてもらうのが、やはりうれしいのでしょうね。やっとトイレを使うようになりました。

「今日は便所で用をたした。また便所でやってくるよ」

恥ずかしげにいちいち報告するようにもなりました。わたしが誉めたものだから、うれしくなってまた誉めてもらいたいのでしょう。

自分から部屋の掃除をしたり、「今日は、天ぷらが食べたい」とか、時には、「シャツの修理をしてほしい」と自分の要求が出せるようになりました。

やっと人並みのきちんとした生活をしたいという態度に変わってきたのです。

親戚の厚意で、畳もふすまもきれいになり、台所のガスコンロも新しくなりました。

逃げ出した日から、ちょうど1年目でした。

ホームヘルパーになりたてのころの失敗記です。私は逃げたのですから。でも、かたくなに見える老人も、ほんとうはかまってほしいのです。自分に関心を寄せてもらい、心配してもらえることがうれしいのです。断わり続け、拒否をするふうを装いながらも、こちらの様子をちゃんと見ているのです。

粘るしかありません。投げ出したり逃げ出したりしたら負け。それに老人の生活を1人で抱え込むのではなく、いろいろな役割を持つ人たちと一緒になって考えること、これがカンジンだと思いました。

＊　＊　＊　＊　＊　＊　＊　＊　＊　＊　＊　＊　＊　＊　＊

——CRUSH！　その後、「気功」や「ハンドパワー」で車椅子からスッと立てるようになったら、気功師などに感謝するより自分をもっと疑いましょう——

以前、見た夢の話なんだけども、**自分達と内田裕也さん、**つまり、ユーヤさんが何か一緒にイベントやったらしくって、その翌日なんだけども、夜間中学・学級代表の倉持氏へ、ユーヤさんから朝早く連絡があって、何か、前日の時に、湯浅から、ギターのピックを、あと誰かから、何んか、そんな返却しなくていい様な些細な物を我々側の誰かが貸して、ユーヤさんが、とにかく今日中にそれを2人にお礼ともどもお返ししたいというワケです。

で、ユーヤさんが、サイケにペインティングされた、オープンカーを、マジカル・ミステリー・ツアーとか、The Whoのマジック・バスみたいに。それを運転されてね。

それで、倉持氏を助手席に乗せて、まず俺んとこへ来るワケ。

で、そのオープンカーは椅子が3列になってて、真ン中が、2～3歳の子供が乗るみたいに、凄く狭いんだな。で、俺は、後部座席に腰を下ろし膝のばして、アレコレ考えてる。

「ユーヤさんが、こんな車を持ってて、しかも自分で運転するのか……」とか、「必ずしも全部電車で移動するワケじゃあないんだ」とか。

それで、まずは、護国寺の湯浅宅へ向かうんだけど……。

でも、それにしても気になんのは、真ン中の「一体誰が、どんな人達が、こんな狭くて細長い所に座るんだろう?」ってずっと考えてるワケ。

そしたら、音羽の交差点、あの81年に佐川さんの事件、ローリング・ストーンズの「トゥ・マッチ・ブラッド」の元ネタとなった事件の時に、交通渋滞になった、音羽のあの辺で、「ハッ!!」と気付いたんだよ。

「ああっ!! ここは、小人さん達の座る席だ!」って。

いや、小人はね、皆、見逃してるけど、色んな所に、姿をかえて、そこら中にいるんですよ。この小人を、見えないけど見ているか、姿形を変えてるけど、気づいてるかで、随分と違って来るんだよな。重要な黒子でもあるし、またね。

「映画」……まあ「TVドラマ」や「小説」(特に推理もの)といったフィクションもそう

だけど、あらかじめ、当初、無関係に思えたアレやソレやコレや、AとBとCが、偶発する様々な出来事により、ひとつの大きな流れの中に合流し「ソコ」へ収束されるよう意図的に作られているわけですが、例えば、名作とされる「映画」に共通する、たまたま気付いた人にしか見えない、分からない、瑣末で、さりげない、一見とるに足らない演出があります。

その展開の中のワンシーンに一瞬映る、例えば時計とか、登場人物が食事をするシーンの背後、TV番組の司会者が語る何げない言葉だったり、主人公が街を駆け抜ける際横切る壁に貼ってあるポスターであったりと、物語を展開させながら、その進展する過程には、一方、結末へ向け、そのラストシーンへこう収束或いは収斂させる暗示や暗喩を込め、「道標」を随所に何げなく、さりげなく配置してあるものです。

それは今、例に挙げた「映画」の演出に限らず、現実の我々の身の周りの出来事や、営みをも同じように「コト」が進展なり展開する途上、あらゆるところに道標――これを称えて〈お地蔵さん〉とも云うんだけども、そのお地蔵さんが、小人とか喫茶店の看板（店名とか）が様々な形に変化し、有象無象あらゆるカタチ……**それがオナラである場合もある**し、で、「答」や「ヒント」や「赤、黄、青」と信号を発しているんですが、ほとんどの人がそれを見逃しているもんですよ。が、まあ、当たり前でしょう、それは。何しろ、本当に取るに足りない、下らない、バカバカしいもんであるのがフツウだから。でも、どうあれこの「道標」のはたらきを司る存在などを既存の神仏や宇宙の意志だの、或いはオカルト方面に求めてもソレは筋違いだな。とにかく、そういった領域のものですね。

「じゃあ、どうすりゃソレがソウ見えるんだ？」と思われる方も当然おられるでしょう。時間、というか、この場合、時間、いや、本だから、文字数の関係もあり、考えるヒントを振り分け、あとは皆さん各自よろ・し・く・お・願・い・し・ま・す、ということで、話、進めます。

この「よろしくお願いします」が実は侮れないんだけど、そりゃもう。なかなかのクセ者で……。

——あっ、失礼を承知で云えばだよ、受け手側の問題ってのも話の展開上大きいワケ。Psychedelic、意識拡大か。とにかくサイケ特集を「レコード・コレクターズ02年7月号」でやって、要はＬＳＤの影響下にある——おっと、ＬＳＤやれって勧める話じゃないよ。つまり、意識拡大した気分を追体験する60年代のその手のロックの特集でね、俺も見開きでイラスト描いたけど、あんなの写真……じゃなくって〝※絵はイメージです〟でね、実際はこの鹿砦社の飯島愛の本の裏ビデオ画像画面撮りの、グネグネした奴じゃなくって、顔のアップの方の質感、こんなもんでって、そういう話じゃなくて、次ですよ、云いたいのは。パッと何か閃いた時って、ゲロ吐きそうになって、トイレ駆け込むのと近いもんがあってね。ソコで吐かないと、忘れちゃう。だから、「これだ!」って頭に浮かんだら、何かにすぐ書きとめるんだけど、ある日、茶の間でレコ・コレのサイケ特集の頁めくってたら、不意に、「あっ使える!」って言葉が浮かんで。

で、すぐメモしようと思うんだけど辺りに紙も書くものもない。で、忘れないうちに何でもいいから、書かなきゃって見渡すと、インクが切れかかった太マジックペンと、あと紙はレコ・コレのそれしかないから、エーイってそこにちょっとかすれた字で「意識拡大解釈」ってとにかく書いたワケ。

で、ちょっと安心して「ここから、話ひろげて何か書けるな」と、何げなく、テレビのリモコン持ってチャンネル変えたら、蛭子さんが出てて、笑いものになって、ヘラヘラしてんだけど。問題は次ですよ。

テロップに、**〝津波の心配はありません〟**って出たんだよ。

どっかで地震があったんだろうけど、エビス様が云ってるみたいに。とにかく心配ない、とね。
と、その瞬間、俺は、正に〝意識拡大解釈〟してね、理屈とか、やれフラワームーブメントが、とかじゃなくて俺なりに、っていうか、とにかく「ああ、コレがサイケってワケね」って、その数分の茶の間の出来事に、とにかく見たってえか、感じたわけですね。

オカルト的なるもの全般から、霊だの前世だの来世だの輪廻転生、霊界の類やら、神仏から宇宙の意志まで、非・科学的とされるもの総ての否定を大前提にしてもですね、数学的な確率論だとかを以てしても、説明のつかないワザワザな偶然、それも、いちいち手の込んだ出来すぎた偶然の一致が余りにも多すぎるのは何故だろうかって、よく考えるんです。

たとえば……、仮に、地平線すらも存在しない果てなく続く広大な野辺があったとしましょう。吉田佐吉、あの傲慢、杜撰、独善的でかつ暴力的な吉田佐吉が、テキトーに開墾した農地まがいの土地に、あの例の頭が弱く、尚かつ真っすぐ歩けないという手下の平やん（※19）に、「ホーレ」と、バケツに入った麦を渡して、腕組みしアゴをグルリと回し、極めて鷹揚にして大雑把に、「あそこら辺からここら辺まで」と示しつつこう命じるワケですよ。

「麦さ蒔いて来ォ！」

すると平やんは、「へい、親方」ってな具合に答えて。で、佐吉は小屋に戻り、平やんは、平やんの判断ともつかぬ判断で、ヨタヨタ、フラフラしながら「あそこら辺からここら辺」まで、麦を無造作に蒔いて歩きます。

平やんがムンズと鷲掴みし、蒔かれた麦の、そもそも佐吉が杜撰に開墾した地表のどの辺りに、どの角度でその土と土の間に上手い按配に収まれば、その麦が発芽する事は可能なんです。が、しかしその確率は高くはない。しかしであります。その農地は、そこ以外の無限に広がってる、**他の野辺の何処よりも、麦が発芽する可能性は、著しく、高い。**

平やんが判断する範囲の中を千鳥足で、蒔かれ、手を離した瞬間、その麦の一群は、偶然と必然の未分化の状態にあるのだろうかと、考えます。

昔、『因果鉄道の旅』（ＫＫベストセラーズ刊）っていう本を出した時、その袖に、「意味はないけど理由はある、そんなものに近頃興味がある」といった事を、何となく書いたんですね。

それから10余年経って。平やんが麦を蒔く様に、当時、無造作に記した一文を、書いた当人が今になって「コレは思いの他深い」と気付いたんです。で、しばしば吟味するうち、次の事は断言できると確信の域に達しました。
我々人類が、地球が、宇宙が、とにかく森羅万象、この世に存在するものに意味はない。だが、しかし、**理由は、どんなとるに足らない瑣末な事にも必ずある**のだ、とね。

——偶然と偶然がネットワークを拡張して、必然に結実して行く過程ってのがあって。網のね、その網の結び目のあのギュッとした感じ。あんな具合に、偶然って、密集してるところには密集してんですよ。

偶然が起こらないとか、それに気付かないってのは、その結び目に居ても、占いと違ってタダだからって、街頭のティッシュ配りから受け取ったって扱いしかしてないんじゃないかな。さもなきゃ、結び目に居ないって事でしょう。

「オカルト」や「スピリチュアル」の餌食になってもいけないけども、偶然が降りかかって来れば来る程、行き着く先は地獄でも天国でも、構わないけど、とにかくそれは「合格」なんだよ。通過点かもしれないけど、「今、いるべき場所」なんだと思う。

で、偶然にも色々あるけど——と云って以前配ったアンケートを取り出し『記憶に残る「偶然に起こった出来事」』の項目を指差しながら——この中で卵でいえば有精卵は①だね、やっぱ。②と③は無精卵。只の偶然。料理法もあるけど、どうあれ①の様に「必然」にまではいくら暖めても卵はかえらない。

ちょっと読み上げますね。ああ、これは、Z社のAさんだな。

①「私の周りには、根本敬ファンが何人かいます。先日、そのうちの1人から電話がかかってきて、すぐに切れました。滅多に電話を掛けてこない相手なので、心配になり折り返すと『今、私は赤ん坊を育てており、その子が誤って掛けたらしい』との事。ちょうどその時私は根本先生と一緒に居たのでした。知人は大層驚いておりました」

②「昨日2ヶ月ぶりにTVを見ていて、面白い映像だったので友達に写真をメールで送ったら、友達もたまたまそれを見ていたので嬉しかった」
――これはR君ですね。次は、埼玉県のSさん。

③「ご飯を食べていたら、こぼしてしまったが、偶然それが、ゴミ箱の中に落ちたのでちょうど良かった」

何んで①が必然の卵かって云うと、流れてくるもの、飛びかってるものがあって、それって内側に偶然のネットワーク持ってんなって感じるからです。

ある一点へとカオスが収斂されて行く、タマタマ、ワザワザの連鎖に拍車がかかったものを必然というのかもしれない。或いは、そのある一点が次々と拡散し、飛びかう方向や落ちる処が不確定。そこに、複数のものが同じ方向へこぞって並ぶのはまだ偶然というのだが、やがて必然となる可能性をとにかく秘めているんだな。

とにかく偶然と偶然がネットワークを拡張して必然に結実して行く過程。それが重点で、金や名誉や欲など損得がからんできて、一線を越えると「偶然」の目は利かなくなるんだな。利いても、裏切りに回る。強運の持ち主で、そんで、イキナリ1から11まで素っ飛ばして答えへ行っちゃう、直勘で。その蛭子さんが、ギャンブルにだけは弱いのはそんなワケ。いずれにせよ、よく、美は細部に宿るって云うけど、たとえそれが必然性を秘めようと、**偶然は「取るに足らない……しばしば馬鹿バカしいことに宿る」**もんだしね。

とにかく人の営みの構成要素が、馬鹿バカしくて下らなくてスットコドッコイなら、ソコの、下らなさから、次の下らなさ、更にその次の下らなさに「お地蔵さん」を見ない、見えないじゃあ、ダメなんだよな。真面目な奴、頭のイイ奴ってのは、そこ肝心な時に素通りするから、それどころか、しばしば物知りだから「意見」しやがる。馬鹿バカしい連鎖が「来た来た」って時は、その真面目なオリコウさんの意見は撥ねつけるように、流れをせき止めるから。

絶対、オリコウさんの理屈は最後、足引っ張るからさ、戦闘中は。

ちょいとここで、俺にとってのもはや般若心経みたいなもんだな、アックス編集長の手塚の姉御がガロ（故・長井勝一氏が編集発行人〜会長を務めていた伝説の漫画雑誌）90年代の編集後記に書いた一文を改めて読み返します。

＊　＊　＊　＊　＊　＊　＊　＊　＊　＊　＊　＊　＊

先日、単行本の打ち合わせで、ひさうちみちお氏に会いに京都まで行った。久しぶりに新幹線に乗れて嬉しかった。さらに、ひさうちさんが千斗町でうまいもんをおごっそーしてくれたので、死ぐほど嬉しかった。しかし、旅費とホテル代で財布がカラッポになったのは悲しかった……。その数日後、うちの近所に、突然、焼肉屋「ちょんまげ」

という店が出来た。以来、毎晩、どんなに遅くなろうとも、皓皓と輝く「ちょんまげ」の看板がわたくしの帰りをちゃんと待っててくれる。その日いくら落ちこんでいようと、ロマンチックでいようと「ちょんまげ」はすぐに現実に戻してくれるので嬉しい……ワケないよっ!! あぁ普通の人になって幸せになりたいなあ。

＊＊＊＊＊＊＊＊＊＊＊＊＊＊＊

——でまあ、「映画」みたいに出来事が、進展してるとして、じゃあ、なら、自分の〝役割〟は何んだろうというと、**シナリオは足下に、今、立ってる、靴で踏んづけてるその足下にある**もんですよ。又は、その人のトイレに有ったりね、それこそ「決定稿」がさ。

で、その役は、不本意かもしれないけども、「現実」の今、置かれた状況とか境遇見回して。でも、逆らわずに、ソレが「下足番」なら「下足番」で、本当はプロ野球の選手それも大リーガーに成りたかったと思ってても、受け入れてね、「じゃあ、下足番、ガンバロウ」っと腹くくると、また、状況は違って来るもんです。但し、腹ってのも、ありゃあ、一度くくれば良いとは限らない。場合によっちゃ、毎日、或いは、真夏にTシャツ何回も着替えるみたいに、一日に何度もくくらなきゃならない腹ってのもあるワケよ。とにかく甘かぁない。でも、仮にそれが、下足番が運命だとしても、受け入れると「宿命」となり、波乱の中でも中心が確立され、多少は安定感が生じるもんだよ。

それで、映画って云ったけどね、勝（新太郎）さんが常々云ってた例の言葉だけど、「偶然完全、完全なものは偶然の力を借りなきゃ生まれない」って。

因みに偶然を、「偶然はない、全部必然だ」……にしちゃうと、ソレはソレで陥穽があるから、とりあえず一律、偶然にしておいた方が良い、まずはね。解釈は色々あるとして。で、映画で云うと、最初から作り話、つまりフィクションの、劇映画もね、一応、ノンフィクションのドキュメンタリーも、ある意味同じなんだな。双方、グラデーションに実は成ってて、究極のとこでは、偶然のマジックが手伝うか、はたらくかってとこでは、曖昧だけどおぼろげな各々の領域とか一線を越える、交錯する部分があると俺は思うんだな。

——「猥褻とは是れ何ぞ哉？」「パーシビアランス！」（※参考図書「正法眼蔵」【森一郎「試験に出る英単語」】）——

と、ここで話は急に〈神プロ〉、〈神様プロダクション〉の話に持ってくよ。でも、今まで話した事、念頭に聴いてね。

俺は、どんな、神も仏も、超常現象も、オカルトの類も原則としてまず全否定するんだよ。その意味で、全く非科学的な事を喋りながら……俺、髪の先から、ビッシリ爪の先まで、ビッシリ、ビッシリ、（※郷ひろみ「ハリウッド・スキャンダル」の節で）と、**「唯物☆論」のカタマリ**だからね。……でも、年末年始、神社仏閣へ参拝に行ったり、江原哲之の商品に投資してるヤツも同じっていうか俺以上に皆、「唯物★論」じゃねえか。いや、『即物$論』か……。しかしこれの自覚は難易度高すぎるのかな？

でもだよ、それでもその全否定からどうにも漏れる、何かがある、と。

しかし、皆が云う神仏は人間が勝手に作ったもんだし、ユングにしたって、それなりに定着したものは、飽くまで参考程度。でないと、面白くない。で、ひとつの仮説をでっ・ち上げ・てみたのが、〈神様プロダクション〉の存在なワケですよ。

だって、この世を映画みたいなもんに、またはTVドラマみたいなもんに例えれば、当然、制作プロダクションみたいな働きがあるはずだよ。

よく、全然、縁もゆかりもなかった場所に初めて行ったら、次の週とか、タマタマ、またそこへ別の用事で来る事になったり、会う人、会う人、調布の人が続いたりとかってあるでしょう？　「タマタマ」は凄いよ、油断ならないよ、それこそ。陪審員制度なんて、本当にR指定級の役人の発想だよな。俺、嫌だよ、被告席座ったら、陪審員席に亀一郎と、電波喫茶のママが並んで座ってたら。ってそういう事、しょっちゅう起こるよ。ホントに。

で、話戻って、ありゃ、神プロが、ロケハンやって、シナリオ書いてんだよ。エキストラも集めてさ。場合によっちゃ、着ぐるみも用意して、中、入るバイトの神様、雇ったりね。またシナリオったって、低予算番組のザッと流れが書いてあるだけで、あと、おまかせしますみたいな、ト書きに近いヤツだけど。

で、そこで、次に、各々の演技プランの問題が出て来るんだな。ま、その演技プランを、所謂その、「生き方」とも云うんだけど。

それで、神プロの社長だけど、さて一体どんな存在かっていうのを、15～16年前に出した『人生解毒波止場』あとがきにも書いたけど、梅宮辰夫……みたいな……でも、落ち着いた今以上に、「不良番長シリーズ」全盛期とか、辰ちゃん漬に近いな、とにかくそんな、豪胆だけど味にうるさい、そんな在り方をしてて、でも結局、何でもない……だけど、居る。それだけで凄い人。何しろ「シンボル・ロック」（作・編曲　藤本卓也（※20）！）の人だもんね。『解毒波止場』でも、杉作さんと俺が、知人の結婚パーティーで遅れて食べ物とりに行ったら、何もない。

そしたらひとつの大きな鍋から湯気だけ出てて、その湯気が、「さあさあ、腹一杯お食べなさい」って云ってんだけど、鍋覗くともう何もなくて、湯気だけ出てて、杉作さんが云ったんだよな。

「根本さん、コレですよ、**コレが梅宮ですよ**！」って。

で、幻の名盤解放歌集「ダイナマイト・ロック」で、杉作さんが、又、「これが梅宮辰夫である」って、凄くイイ、コラム書いてくれてんだけど、ちょっと読み返すよ……

＊　＊　＊　＊　＊　＊　＊　＊　＊　＊　＊　＊　＊　＊

昼寝して、目が覚めたらいつのまにか夜になっていた。あたりが異様に静かなので、いったい何時だろうかと思ったが、たぶんかなり深夜である。ずいぶん長い時間、昼寝してしまったものだ。おそろしく空腹を感じたので、そろそろめしの時間かと思ったが、すでに家族は夕食を終えるどころか夜の眠りについていた……。

または。

夏休み。学校のプールに行ったら水が全部抜けていて、もちろんそこには誰もいず、ただただ、しーんと静まりかえっていた……。

それが梅宮辰夫だ、と思う。

もう少し続けようか。

郊外の産業道路である。雲ひとつない真っ昼間である。青い空がどこまでも広がっているような田園風景の中を、荷を運び終えたトラックがなにも積まないまま列をなして走っている……。

または。

飲み屋の暖簾をくぐったら、店の中には客もいなければ店の人間もいなかった。誰もいない店内だが、たった今まで誰かがいたであろう温もりだけは感じることができる。おそらく、店の人間は店の奥にたまたま引っ込んでるかどっか近所に出てるのだろう。どうしようかとも思ったが、カウンターに座って店の人間が戻って来るのを待つことにした。目の前ではおでんかなんかの煮物がことことと湯気をたてている……。

それが梅宮辰夫だ、と思う。

このCDに収録された曲の数々を聴いて、なんとなく俺の思っていることが伝わるかなとも思うが、わかってもらえなくてもそれはそれでいい。

「俺をさがそうとするな」

そういったのは国際はぐれ軍団（またはアントニオ猪木殺戮同盟）を結成してた当時、ラッシャー木村が語った台詞であるが、それはちょうど梅宮辰夫に関しても同様である。

梅宮辰夫をさがそうとするな。

梅宮辰夫をさぐろうとするな。

梅宮辰夫を理解しようとするな。

なぜならば。

梅宮辰夫をさがす必要はないからだ。

梅宮辰夫をさぐる必要はないからだ。

梅宮辰夫を理解する必要はないからだ。

なんとなくわかればそれでいい。

なんとなく感じればそれでいい。

それが梅宮辰夫である。

だから、梅宮辰夫はめしに酷似している。

我々がふだんめしを喰ったとき、ラーメンを喰って寿司だと思う奴はいないだろう。寿司を喰ってステーキだと思う奴はいないだろう。ステーキを喰ってお茶漬けだと思う奴はいないだろう。お茶漬けを喰ってケーキだと思う奴はいないだろう。

我々がめしを喰うとき。それはただその食べ物を感じればいいだけだ。なぜ人間はめしを喰わなければいけないのかなどという理屈もいらなければ、なぜラーメンは寿司ではないのかなどという疑問も必要ではない。

ただ、食すればいいのだ。

ただ、感じればいいのだ。

そして、それが梅宮辰夫なのだ。

なにを長々と簡単なことを書いているんだという気がしないでもない。

だが、俺はここまで来るのに20年かかった。

20年かかってようやくそれがわかった。

「不良番長」シリーズをはじめとするおびただしい数の東映映画。そしてテレビドラマ。トーク番組。常になんらかの引っ掛かりを感じつつ、梅宮辰夫を見続けてきてようやくわかった。

それが今回、このCDがリリースされることになり、一挙に短縮されるのは間違いない。

確かに、歌詞の内容的にはずいぶん大胆に聞こえるものもあるだろう。アンナパパとして梅宮辰夫を認識している世代ならば、エッと驚く曲もある。

が、簡単に言うならば、そうした詞の歌であっても嫌味がないのはなぜ？

そういう疑問に突き当たるはずである。

夜の世界を歌っていても、それが白夜よろしく晴れ晴れと痛快なのはなぜだ？

そういう疑問に突き当たるはずである。そして、なんともいえぬ心地好い余裕と、暖かみを感じるはずである。

今回、収録された曲の大半は「ひも」「ダニ」「いろ」「かも」といった強力なタイトルの作品に始まり、山城新伍の台詞を借りるならば「映像の限界に挑戦」したエンタテイメントの極地「不良番長」シリーズ、そして「夜遊びの帝王」「女たらしの帝王」に至る夜の帝王時代の梅宮辰夫のイメージにのっとった（映画の主題歌、挿入歌も含む）ものである。

数年前、東映大泉撮影所でインタビューした際、梅宮辰夫は述懐した。

確かに衝撃的なタイトルの映画だが、自分自身それを恥ずかしいとか思ったことはただの一度もない。映画館に足を運んでくれるお客さんが喜んでくれるならば、なんだってやる……。

俺は、梅宮辰夫の言葉を聞いていて目頭が熱くなる思いがしたが、それは同時に、確固たる自分自身を確認した人間でなければ言えない言葉であり、威風堂々とした自信であった。

だが、梅宮辰夫の自信は、俺だぞ、俺がここにいるぞ、俺を認識しろ、という種類のものではない。

山麓から沸き出した清水が、さらっと流れるような。そしてそれがいつの間にか大海にそそいでいくような。そうした自信である。

それを人はアバウトと呼ぶ。

大人の味と呼ぶ。

事実、俺が東映の映画館に通っていた頃、登場する俳優はみんなそれぞれ大人のテイストを提示していたが、誰よりも大人を感じさせたのは梅宮辰夫だった。学生だった俺が、誰よりも理解できないのは梅宮辰夫だった。

繰り返しになるが、20年。20年かかった。

20年かかって今、俺は梅宮辰夫を理解しようとするのではなく、感じることができる。

そして、梅宮辰夫に酔うことができる。

このCDが梅宮辰夫という酒に酔う近道であることは間違いない。

だが、もしも貴方がまだ若いなら、無理はしないほうがいい。

大人と子供は違う。

大人は大人。

子供は子供だ。

大人になるその日まで。一度にわかろうとするのではなく、根気よく、粘り強くこのCDを聴き続けることを切望しておく。

[付記] なお、論旨の効果上とはいえ『梅宮辰夫』と、敬称を略したかたちに表記せねばならなかったことを十重二十重にお詫びいたします。

1995年2月　杉作J太郎

（「ダイナマイト・ロック」　梅宮辰夫・他　幻の名盤解放歌集＊テイチク編より）

＊＊＊＊＊＊＊＊＊＊＊＊＊＊＊

――ここでの梅宮辰夫だね、「神様」に置き換えると、俺が訴えたい、その「神様プロダクション」の社長、社長の神様によ～く、当て嵌まるんだよな。

で、神プロも又、どっかの神様の下請けの制作会社かもしれない、というか、そうだろう。吉本みたいな宇宙興業の。

で、話、飛んで、皆、自分のテリトリー、領域を今、どういう位置にあるのか、それを押さえないと、「演技プラン」ってえか、生き方ってのも把握はより困難だろう。そこ、勘違いしないいため、要点をひとつ云っておきますとね。

目の前に、自分の身辺に次々と所謂シンクロニシティが続けざま起こっても、必ずしも、ソレって**何も自分のために起こってるとは限らない**って事だね。

磁石に釘ひっつけて、それに砂鉄が引き寄せられるでしょ。

あんな具合に、自分のシンクロが、実は、磁石は他にあって、釘とか砂鉄かも解んない。

●我々は、第一だけの上で英雄ｏｎｌｙをよく知っています。

例えば、今から一斉に、この地球上に65億人程いるという人類総てが、隣の人とジャンケンをし、勝った者同士すぐその次の隣の勝った人とジャンケンをし、それを世界中で延々続ければ、最終的に65億人もいながらたった1人とはいえ、最後迄勝ち残る人間が必ずやいるわけですよ。

子孫を残すという行為は、全人類史をあげて、「統合」「合併」を遺伝子レベルで繰り返しながら、その終焉まで決着を競う**壮大なジャンケン大会**なのかもしれない、とも。

てなワケでって、そう考えると、皆、生きてるって事は何らかの形で全人類史あげ、ジャンケン大会へ参加してるワケですよ。だから、男Aと女Bがコイトス、凹凸の生殖器出し入れ・性交ともいいますが、とにかくソレをするという行為はAとB、が杉並区松の木2丁目のワンルームマンション「バロン・ハイツ201号室」（テキトーに思いつきで云ったんだけど、実際にありそうだな、とフと思ふ）の密室で1対1でまぐわっていようと実は、AB両凹凸は過去・現在・未来、世に存在した・している・これからする、とにかく総ての男、総ての女の代表として背後にかの様な壮大すぎるものをしょいこんだ状態で合体しているんです。その意味ではたった2人で3P4P6Pどころではない、那由多Pとか無量大数Pとかいった、想像を絶する、不可思議なる大乱交を繰り広げておるんですな。

——と云った事もいえるでしょ。

とにかく、身辺で、人類が滅びるまでの長い、最終捕食者争いをしているとも云え、それ念頭に、自分に起こったシンクロが、結果、自分を飛び越え、誰が一番、得をするかを考えると、身辺でのそこで起こってる、まあ、ドラマのね、その回の主役は誰か、又、一番強い、因果力の持ち主が誰なのか、解ります。

何年か前、急に、10年近い付き合いなのに、俺の姓字、よく「根本」でなく「根元」って書く人がいるんだけど、イカれる前兆として、根本を根元って書くってのが、まあ、あるとして、で、その人物が、自分も「正論の人」と云い出してから、加速がついて……。

それで、クレイジーケン・バンドの○○という曲は僕のために書いてくれた曲です、とブログに書き出して、まあ、こっちは色々手を焼いてたんだけども、決定的だったのは、その男が、道でｉＰｏｄを拾ったんだけども、ワザワザ、ソレの1曲目に「僕のために書いてくれました」……と思ってるその曲が入ってたんだよ、**『男の滑走路』**。

それからもう、バーンと激突するまで、**早かった**なあ。ま、そんなもんだから。

そんで、人はよく占いなんかを、よく見えない問題に対して何かしら答えを求めようとするでしょ。

でも、最初に断言するけど、占いもありゃあ、生ものでね、それで、最後は売らないよ、占いは。

——今も白い愛の記憶が私の幻の中で見えてくる　そこでは始めは終わりであり全ての始まりは、終わりの景色なの。（藤本卓也「愛のイエスタディ」より）——

今、そのォ……。

例えばWEB上なんかでも次々と新手の占い（注※例えば動物占いとか脳内占いとか家電占い他色々）が出現してるってえか、方々で今、色んな人が発見して「よく当たる‼」と、その周辺で評判になってたり、ハマッてたりする人が結構いるでしょう。

この前、何んかの折に一人、そういうヒトに会ってねえ、そんな時には必ず俺はハマッてる娘さん、——と、今一瞬、全然別の映像が画面一杯、どアップで頭に浮かびましたけど、そりゃ脇置いて、とにかくそういう人にはこう注意をしとくんですよ。

「何んか、例えばだよ、パーティー行って、ビンゴ大会になってね、初め、次々に、その番号が出て、またたく間にリーチがかかっちゃう。んで、皆から凄えなァ、とか云われ、1等の……まぁ『ヤマダ電気』でも高い液晶ハイビジョンのイイヤツでも何でもいい、とにかくゲーム開始早々から、百万円とかのハイビジョンがすぐ目の前あと、一歩手前にある、と。

ところが、仮にソノ当りを待つ数字が38なら38だとして、39や37は来ても、とにかくその後、幾ら待っても38が出ない。で、**結局そのままビンゴ大会終了。**結局持って帰るのは5百円分のクオ・カードだったり。

『占い』ってのは何んか、そういうのと近い性質があるな。」

……んーでも、膨大な過去の古今東西のあらゆる「占い」をパソコンに情報としてブチ込み、ソコにゲーム感覚も加味して、とにかく上手く出来てるもんが多いとは俺も認めるよ。

でも、昔の易学者の類でなくパソコン／ゲーム世代の手によるソレだから、先述のビンゴゲームの罠みたいなヤツに一番引っ掛かる、しかも最も危険な処に居るのがその占いをこさえた当人やグループなんだがね。何しろ**自分達で自分達の棺桶作ってるみたいなもん**だから。

しかし、昔も今も洋の東西問わず、政治家、実業家企業家で超一流どころの「伝統」や「由緒」や「実績」のあるという占星術〜タロットはじめ、あらゆるカード占いから風水まで、とにかく高額な金で専門の奴を雇い軍団化ブレーン化して、それによって行動の指針とする、まぁよくある話ですが、でもねえ……。

●コールドプレイヤー（常温せっさく機）の操縦士になりたい

話、一旦、ジョン・レノン（89年12月8日NYのダコタ・ハウスの前で射殺される）になりますが、75年にオノ・ヨーコとの間に長男、**たろう**（通常、ファースト・ネームのショーンと呼ぶが、ここではあえてミドル・ネームを使用）が生まれてから5年間主夫をし、その間ヨーコは、前衛芸術から一転して不動産から始まり何やらあらゆる投資やら、市場拡大やらとにかく実業家に転身し、短期間で元ビートルズの夫の全財産を思いきり倍増し、世界有数の大金持になったんだが、元々、超ハイソな、佐川さん一族並の由緒ある、そんなリヴァプールの労働者階級出身と結婚する様な家柄とは程遠い出身で、代々、家業は銀行やってたり、「商才」はその時まで、使わなかっただけであって、凄くあったんだな。

で、金にものいわせて、あらゆる超一流どころのあらゆる種類の占い師による参謀本部の降したカードにその都度、従い、それに実業家として、エコノミストとしての現実性をも念頭に、占いに従い、次々と投資した事業は大当たりしたんだな。

ま、とにかく「経済学」のセオリーがどうあろうと最後、決定は占い師の出したカード。タロットならタロット。こいつが決めてたワケよ。とにかく占い。それで次から次へと当てまくってどんどん大金持にはなるワケ。ところが……。ところがぁーですよ。

ま、ここに「罠」……というか何んと申しましょうか、怖い、実に怖い、正に落とし穴が、思わぬ「陥弄」があって、そいつがまた、よりによって……。

事業は占い軍団がビシバシ当てるも、また、ヒコーキの予約やコースはもとより日常の生活の細部に渡るまで「占い」に従っておりながら、ですよ。カ・ン・ジ・ン・カ・ナ・メ……その肝心の**ジョン・レノンの「突然襲って来た死」**に関してはそこをスルーしたまま、その時を迎えちゃった訳なんだな。

いくら世界的な超一流どころの良く当たる高い金を取るカード占い・占星術・風水師を集め、次々に的中させ事業が大成功しても、肝心のジョンのあーんな大層な殺人が待ち受けてるコトに関しちゃあどいつも「予言」出来なかったのかなって話。こりゃ納得いかん話だろう？　俺は、**件の「占いは最後は売らないよ」**が中にはあったと睨む。……ヨーコなり、ジョンが急に、「縁起」でもないってその時だけ買わなかったかもしれないし。

とにかくちょっとビンゴ大会の例とはスケールが違うかもしれないけど、さっきいった「罠」って要はね、こういう事なワケですよ。

でも、世界中に「占い」の強力打線、かつての金にものいわせた長嶋巨人じゃないけども、従え、上手くやってる富豪や、事業家の方々も世界中にはいるだろうが、次、ここがポイントでしょうな。

そういう成功者はいくら、日頃はお抱えの占星術師の類に頼ろうと、ここぞ、正に、ここぞ！　という時のYESかNOの決断は、そりゃまあ多少、参考にはするだろうが、とにかくここぞという肝心なところでは、その答えを彼らの降したカードなんかでなく、その本人が、そう、他でもない、「自分自身」で決定を下している。そう思うよ。一番重要などっち行くかって決断は、仮に傍目にそういう占星術だ、やれタロットだにハマッてるように噂されてても、実はソコのところはそのトップの人間自身その当事者の経験や実戦を通じて鍛え上げた「常識」に基づく決断力で判断し得るか否か……。コレ実は大きな問題だろう。ホント、まぁ、そういうもんだと思います。

さて、WEB上の新手の「わぁ、よく当たる！」ってなお手軽な占いだが、この類、出来たて、発見されたての新鮮なうちに気になるコトはあくまでゲーム感覚でパッパッと、「参考」までに試しとくとよいでしょう。後々、データに成る事もある。

人の世は常に移ろい、否、人の世だけでなく、全宇宙も含めこの世は諸行無常なんだから、ならば「占い」だって——特にＷＥＢ上の新手のヤツなんかコンビニみたいなもんだから、出バナが肝心で、やがてその占い自体も少しずつ日々変質し、そのうち、当たらなくなりますから。

——と、云いつつ、放っとくとまた、当たるようになる場合もあるにはあるんですが、まァ……。

そういうもんです！

結局は自分の中に「イエスかノーかを決められるお前だけの神を持て」と、さる映画スターの方もおっしゃってました。

でも、残念ながらソレが出来る人物というのも、千人、万人にひとりっていうレベルなんだな。でも、いずれにせよ、千人、万人にひとりって方々も含め、**人は最終的には、誤りたい**ものなんでしょう。そしてどうせ誤るなら大、中、小、各自の宇宙的な身の丈に合った誤りの中に没したいと思います。誤りもモノによっちゃあ「委ね」と「解放」がありますからね。時に大きな「救い」にもなるんですよ。

●40過ぎたら「近況」は大河小説全12巻

家の女房が、当時、いや、今もか、とにかくソレっぽい類いの顔付きをしてて、その頃、良く当たるって占いに友達と行ったら、占い師のオバさんに、「アンタやってみない?」って、占いはそこそこに、逆にスカウトされたんだよ。

で、俺が30半ばに差し掛かる頃のある日。駒沢のアパートで話してたら、口が勝手に動くみたいに、俺の顔ジッと見ながら**「早死にしそう」**って急に云い出してね。

「何を云いやがんだこいつ」と思うや、「うわっ」と両手で目から額の辺り覆い、「数字が今パッと光るみたいに、クッキリ浮かんだ!」と云いやがる。

そうなりゃ、嫌な気持ちにはなるわな。で、「何歳……とまで云わなくていいから、少なくとも10年はある?」と恐る恐る尋ねると、「10年はね」と答える。

さて、それから、10年はまあ良いとして、43〜44歳の頃、「あの時の歳の話だけどさ」と女房に訊いても、「えっ何?」とか云われて、最初から説明すると、思い出して「ああ、46」と平然と云いやがる。

それから、46歳が過ぎて47歳になった時は、ちょっとホッとしたね。でね、思うけど、多分、その時にアパートの前を通りかかったおでん屋とか、何んかそんなのが、46歳で死んだんじゃないか？　俺じゃあなくて、そんな気がするな。

おっと、話の方、気がつけば、妙な方向へ流れたけども、要点をおさらいするため、……要点ってこの話だったっけ？　まあいいや、「要点」を下書きにしてみると……。

「ひとつの人間関係の群。そこでクロス・ポイントに差し掛かり、シンクロニシティが大中小と連鎖した場合、善い事は無論、たとえ悪い事でも、**最終的に一番得をする人間を考えれば、その群を導き、支配する存在が誰なのか分かろう**というものだ」と、云う事ですよ。


さて、この辺で、この章も思い切り、とっちらかったまま、まとめは皆さんに委ねるとして、一応結びますが、要は、アレですよ、例えば観覧車でも何でもいいけども、〈理由〉は正にその〈理由〉として、ちゃんと席が最初から用意してあるワケですよ。でも、対面の〈意味〉のところは、誰ってえか、〈何〉が座るか決まってないんです。

つまり、**「この世に存在するもの総てに確固たる『理由』はあるけど、しかし、『意味』は不確定である」**って事。絶対にコレだって意味は決まっちゃいないんですよ。

だから、事実イコール、真実ではないし、**真理はそれこそ、幻のブルースでね、♪あ**

〜追えば追うほど〜　ああ〜、あなたは逃げる〜って、そういうもんですよ。**ＬＯＶＥと呼んでるヤツ**もソレに近いです。イメージとして、バレンタインのケースによくある、ハート型の器をパカッと開けるんだけど、中は空っぽだったりして。チョコのひとつも入ってない。だから……。

だから、何んか詰めなきゃならない。マイ・ブラじゃないけど、ＬＯＶＥＬＥＳＳですよ、実際は。

本編 後半

――意識革命から無意識革命へ――

たとえ、交通安全運動に予算を上乗せしようと、何処の都道府県でも、交通事故や、死亡者の数がそんなに上下する事はなくて、だいたい、毎年一定数の件数や死人が出るでしょ。何も事故だけじゃなく、色んなとこで、細々と、統計学の話じゃないけど、だいたい何でも一定の数の範疇に入るように成ってんだけど、ひとつひとつは偶然でしょ。偶然の集結にしか過ぎないもんね、単なる。

そんな事を考えてたら、この前、昼飯喰いに入ったマクドナルドで、年配の主婦が丁度こんな話を始めたワケです。

年金給付の話題で、3人のうち一人が、急に、「おかしいと思って、調べて貰ったのよ、そしたら、名古屋に私と同姓同名、同じ生年月日の人がいて、その人の方に自動的に機械……コンピューター？　アレが二重に登録？　とにかく向こうへ回ってねえ」。

と、一瞬「自動的」の自動が**地蔵**、「お地蔵さん」をイメージして、次の機械が**「機会」**

に思えたけども、それはソレとして、主婦の会話だけど、それが発覚するとその主婦が、「私んちの姓字って珍しいでしょ? それが同姓同名でしかも同じ生年月日の人がいたなんてって、名古屋の人もビックリしてたわよう」。

そりゃあ当人達はビックリでも、こういうワザワザの働き、ビックリ部門みたいな、そういうのがあってだね、だいたい、一人、**最低でもひと口は割り当てられてて、**俺の場合、例えば、昔、ガモウ・ユウ……ジ君てファンの人からよく励ましの便りを貰ってた(※21)。ガモウ・ユウ……ジ君よくくれるなと思ったら、何か、前の手紙の事と食い違う妙な事が書いてあって、それで何んだろうって、改めて今までのファンレター並べたら、ビックリしたよ。

一人じゃなくってさ、ガモウ君。ガモウ・ユウジ君とガモウ・ユウイチ君という、全く兄弟でも何でもないお互い、面識もない別人だったんだけど、それに気がつくまで2~3年かかったね。で、とにかくこういう事も実際は必ずわずかながら、一定の件数が発覚するかしないかは別に、有るんだが、その時に改めて『数』の持つ引力について示唆を受けたな。同姓同名、同じ生年月日により……ってのは、統計学的数の力学で、神プロ経理上、その年度末だとか、決算だとか、締め日がどーの、**宇宙税務署**が来るとかって、必要な数がとにかく有って、その**辻褄合わせやら帳尻合わせなんかの時、そのエリアに入っちゃうと、危ない**んだな、スッと引き寄せられちゃうから。

落合（※中日ドラゴンズ監督）が現役の頃良かったのは、シーズン・オフに毎年レコードを吹き込むのもあったけども、どんなに調子の悪いシーズンでも、終盤に急にヒットやホームランをポンポンと纏めて打って、打率３割、ホームラン30本とか、数字を上げて、強打者としての帳尻を合わせてたとこだな。だから、不振だった年でも、数字の上では振り返れば活躍した事に成るワケだ。

とにかく、その神様プロダクションの年度末だか、そんな決まった一定数に持って行く時の状況内に踏み込んじゃうと、持ってかれるな。

でも見えない世界だし、どっからがそのエリアか解らないよ、そりゃあ。

でも、云える事は、例えば「光市 母子殺害事件」の本村さんは、偉い人だと思う。が、最初に、あの種の事件を呼び込んだのは、当時テレビのニュースで映った時に、映ったのは表札の代わりに、竹下通りだか、ペンションだか、とにかくそんな風な、**ファンシーな木の板に、ファンシーなアルファベットの文字を並べて、♡マークも有ったかもしれない。**そんなのをドアに吊るしてあったのを見た瞬間に、「嗚呼……、コレが呼んだんだなァ……お入りなさい……」と思ったね。

あと、長崎の方で中学生の女子がネットでのトラブルを巡り、同級生に刺されて殺された事件の時、地元の同学年の娘を持つ地方新聞の記者が、同紙に「同じ年齢の娘を持つ父親」として、被害者側の父親を励まし、泣かせる署名記事を書いたんだな。

そしたら、次の年だったか、その記者の娘さんが今度は、ワザワザ、同じ様なメールがらみのトラブルに遭って刺殺されてしまったんだが、すると今度は「同情」から感動的な新聞記事を書いてくれ、励まされたお父さんが「先輩」として記者を励ます番だよ。表札といい、この辺のワザワザの底流に何かしら通ずるものが有ると思うよ。

——と、話、飛ぶけど、葬儀屋さんは絶対に幽霊とか見ないんだってね。とにかく忙しいから、凄くシビアな世界。で、ヒマ、ヒマのマは何の「マ」かはともかく、とにかく葬儀屋さんの前じゃ怪現象は起こらない。と、急に思い出したんで。

それで話戻って、『数』の引力だけどね、とにかく、神プロの決算とか何かそういうもんと関係が有る。と、いうと今更云うのもナンですが、頭おかしい人の話……だけど、この辺へ至る出発点は、『人生解毒波止場』に載ってる、司法解剖の見学をした日に遡るんだよ。

「その日取材」って3ヶ月前ぐらいから決まってたんだけども、解剖医は決まってても、誰が解剖されるか、その日、その時間まで解るワケないってのに、向こうは必ず毎朝2人、3人、少なくとも一人は必ず運ばれて来るから大丈夫だって云うワケだよ。

そしたら、当日、ちゃんと一人、死体が運ばれて来て、司法解剖を見られたワケなんだけども、でも、その運ばれて来た死体の人ってのは、俺がそこへ向かおうって家を出る時にはまだ生きてたんだよ。

でも、向かう途中に、朝まで飲んでて、車止めて立ちションしてる時に川へ落ちてワザワザたった一人、ちゃんと「必ず運ばれて来るから大丈夫」の「大丈夫」を担っちゃったんだな。

享年42歳、合掌。……って口先だけだけども、とにかく、一般の人間が司法解剖を見るのは珍しい体験の部類に入るだろうけども、そこで目の当たりにした、珍しい、まあ、通常、ゾッとする光景以上に、俺には、**その男がワザワザ、その日その時その場にたった一人新鮮な死体として現れた**という、その事の方が余程、ゾッとするんだよ。

で、余談だけどその病院は都市郊外にあって、御巣鷹山の時も、仕事に携わったらしく、散乱する事故現場の膨大な死体写真があって、その日、今にして思えば何故か、休憩室のテーブルの上に束になってて、俺と取材陣一行は当然、手に取り、報道されている以上の現場の惨たらしさに唸ったね。

思い出したけど、取材陣の1人が、よしゃいいのに、〝紙〟喰って、見学したワケ。で、死体も新鮮だったし、ドクターも腕のイイ板前さんみたいに「ハイ一丁上がり!」って具合に淡々と「仕事」してて、こっちも割りとキモチワルクナカッタんだけど、紙、喰って見てた彼は頭ん中大変な事になって途中で退場してたな。

——ところで、その日の晩は、「わかたけ」や「突然段ボール」の面々と群馬の方でライヴを演ったんだが、それが**ワザワザ御巣鷹山のすぐ近く**で、泊まった旅館の窓から、よく見えたんだよ、御巣鷹山が。

とにかく『数』の引力ってのが有るんだけど、統計学とか物理学とか社会学とかの中でもそんな説があるのかどうか知らないが、いずれにしても、神プロの経理上の問題と絡んでて、またその『数』が、「この位」って束をわしづかみした、だいたいって数で、キッチリと決まってないワケですよ。

昔の寄席なんて凄くイイ加減で、席亭が芸人達に、その日のギャラを払う時、つかんだ束を前座はこの位、真打ちはこの位って、一枚一枚数えないで、だいたいの目分量で、ギャランティを「ホレ」って配ってたって話だけども、その目分量やらつかむ時のちょっとが、2枚とか3枚とか4枚の差、または1枚かもしれないけども、その、ほんのちょっとが大きいんだな、**エンケン（遠藤賢司（※22））さんの名作**「輪島の瞳」……**【そう、でもそのほんのちょっとが、この世の中を動かしてる】**じゃないけど、とにかく、その、「ちょっと」に入るか入らないの差は大きいんだな。

あ、「ちょっと」のニュアンス、エンケンさんの詞と「ちょっと」違うけどでもそんなくらいに「ちょっと」なんだよ。

で、その「ちょっと」の大きさだけどね、あの、オウムの地下鉄サリン事件で12人死んで、5年前には韓国の大邱《テグ》で、地下鉄大火災という大惨事があって192名が死んだでしょ。

あの差が本当に「ちょっと」の神髄でね。

オウムは一応、スポーツ新聞……何ていったっけ？　東スポよりもっとアレな……とにかくだ、新聞の見出しにも出たけど、麻原天皇即位とか、色々と計画的に準備してやったのに、敢えて誤解を承知で云えば地下鉄サリン（因みに韓国語で殺人は「サリン」と云ふ）事件での死亡者はたったの12人でしょ。

ところが、192人も死亡者を出している、大邱《テグ》の方は、たった1人のタクシー運転手の親父が、借金とかバカにされたとか、下らない、個人的憤懣で、ちょっと油撒いてライターで火をつけたってだけでしょ、でも、ほんのハズミ、その**「ちょっと」が、オウムどころじゃない空前の大惨事に**まで成っちゃうんだよな。

どっちか決める一瞬の思いが、あの国の、ちょっとマッド・マックス風じゃなくて、ユング派流に云えば、集合的無意識（過剰）というか、恨（はん）とか、が、とにかく、大か小かにほんの「ちょっと」が分けんだよな。

●だから卵型の顔は精子性が強い!?

さて、そんで「数」の引力だけどもね。

それと関係する話として、知ってる人が精神病院の受付をやってるんだけど、凄い聞き上手でね、ドクターよりも患者さんに人気が有って、指名で、毎日、数人の患者さんが、まあ、そういう喋りたい状態の人から、「何々さんお願いします」って指名がとにかくあるんだけど、面白いのは、仮に、彼女を必ずご指名する患者さんが30人常時いたとして、その30人が全員電話をして来る事はなくって、必ず、5人位でね、ひとり、2人安定すると毎日の長電話はなくなるんだけど、すると、別の2人とかが、スライドして、毎日、ご指名の電話が掛かって来るんだってんだよ。

とにかく数の引力、そりゃあ、原さんが「ゆきゆきて神軍」撮った時にも、スタッフに、……助監かな⁉……〈大宮《オオミヤ》浩一《イチ》〉って名前のヒトが入ってるんだよな。そんな事も必ずついてまわるもんだ。いや、ホントに。

でも、辻褄合わせの数の引力の働く領域に踏み込んだ。そして、無論、悪い事ばかりでないワケですが、要は神プロがお得意さんによく使ってる宅配業者、運送ともいう。それこそ、あの「空気の中の電氣菩薩」でね、電氣菩薩は御法度の裏街道も通り抜けちゃうから、急ぎの時なんかも助かる……らしいんだな。

電氣菩薩はもっぱら普段は「因」から「果」へと運ぶんだけども、「数」の帳尻合わせの話と引っ掛かる話をすると、因果を結ぶ赤だか黒い糸だか、配達夫の役割を担うんだけども、まず、「因」と「果」が逆転して、果因ってえか、そんな時もあったりするんだけど、果因の時は「着払い」になってる事が多くて、「果」もどっか申し訳ないって時は、ちょっとした、ココロヅケがわりに何やら、そっと同封されてたり、ってね。

それからよく云う、「親の因果が子に報い」のアレ。アレがしばしば「親の因果が隣の子に報い」って事があるワケですよ。

ありゃ、神・仏の側にも、ウッカリがあるのか？

って、ある時はあるんだろうが、でも意図的に配達夫が間違えている節もあるんだな。

……って、別に今、特別な電波、毒電波来てませんよ。ＳＯＵＬ電波は来てるのかも解んない。

まあ、そりゃイイとして、何方道（どっちみち）ウッカリだろうが、意図的だろうが、豆ツブみたいな、否、鼻クソみたいな地球でさえうるう年や、うるう秒があるくらいなんだから、巨大な宇宙全体、銀河系、太陽系だけでも相当、物理法則の方の数値に当て込んでも、何かしら常に狂いが生じてるだろうから、そっちの方の帳尻合わせでも、「うるう因果」ってのが設けられてんのかもしれない。

まぁ、とにかく、そんなワケで**自分が、ある『数』の帳尻合わせの圏内に足を踏み込んでないか、**そういう事を識るのも大切だ。だけど、頭、頭だけで考えてもつかみ取れない感覚の世界だな。

だから云うワケですよ、「無意識を鍛えろ」ってよく。聴いて下さい、小林旭、今、CD揃ってますから。反戦、反戦って、理屈だけで云う人は、特に「鳴らないラッパ」を。小林旭の無意識過剰は最早、「空《くう》」の世界だよ。絶対的なマヌケのようで、「魔」の入り込む隙は全く、これっぽっちも無いんだな、旭には。

——のうしんぼう（©H．YAMANO）発きわほう行き——

で、マヌケだけど、マヌケは原則的には間抜けだろう。でも魔が脱（抜）ける、とも云える、ノーマン・シーフというカメラマンが、ファンクの定義をメシオ・パーカーとかブーツィとか色んなその方のミュージシャンに尋ねてる一文があって、誰だったか、ファンクのスカスカな間ってのは悪魔の通り道だって云ってた。勝新も「藝で一番大切なのは〝間〟、魔物の〝魔〟でもある」、ってよく云ってたのは有名ですが、とにかくマヌケは侮っちゃいけない、これまでの流れの中で、俺の知る一番ふさわしい「魔脱（抜）け」な話をします。

これは、アイカワタケシさんから聴いたんだけども、それこそアイカワタケシさんは、クレバーだが、ジムに通い肉体とのバランスの重要性を考えている人だからね。

＊＊＊＊＊＊＊＊＊＊＊＊＊

僕の〝偶然〟の話です。というか〝運命のいたずら〟というか。

約1週間前、バイトの帰り道、その日は雨だったので、走って帰るのは中止して、普通に歩いてスーパーで牛乳、ヨーグルト、バナナとか結構色々買って、家に向かっていると、急に冷え込んできたせいか段々尿意を催してきました。

で、まあとにかくあと2、3分も歩けば自宅マンションに辿り着くという、いっちゃん最後の信号のところで青信号がピカピカ点滅し始めました。

迷わず**ダッシュしようと右手に傘、左手にぱんぱんのレジ袋持った体勢で身構えた瞬間**前を歩いてたオバサンがくるっと振り返り、「あのスイマセン、木場駅行くにはどういったらいいかしら?」といきなり聞いてきたので、内心〝なんだよ~、このおばさん、小便したいのに~!!〟と思いながらも、「えっとですね……」と説明し始めました。

と、その時、です!!

突如としてヴォリュームアップする車のクラクションが近づいてきたかと思うと金属が炸裂する音がして、**ガッシャーン!!** とオバサンの背中越しに、大型トラックがワゴン車に突っ込み、その勢いのまま、僕とオバサンの立っている歩道へ乗りあげてきたんです!! よくハリウッド映画で逃げる主人公の背後で爆発炎上して地面に突っ込むジャンボ旅客機みたいな、一見荒唐無稽の映像がありますが、視覚的には正にあの感じです。あと1、2メートルズレてたらオバサンもボクも事故に巻き込まれていた可能性大、いや、あそこで名も知らぬ縁もゆかりもないオバサンが道をたずねてこなかったら、横断歩道をダッシュしていたボクは、確実に事故に巻き込まれていたに違いないです。やっぱ人には親切にするもんですね。

＊＊＊＊＊＊＊＊＊＊＊＊＊

と、アイカワさんの「報告」ファックスほぼ、全文読ませて貰いましたが、やっぱポイントは、**「全力を尽くしてた」**ってとこにあるでしょう。

神プロ経理が、「徹夜は嫌だよ」、とか、「早くお父ちゃんお母ちゃんのところへ帰りた〜い」、もうあとひとつ、ふたつ、この辺のどれかをって時に、「全力」はどっちかといやあ捉えにくい。

また、そういう「全力疾走」、なり振り構わないソレを、天はマヌケを魔脱けにかえるんじゃないかな。

しかし、只でさえマヌケな状況の中で、「全力疾走」してる時に、ソコに輪（○）をかけて横から飛び込んで来る、更なるマヌケは繰り返すけども、穴、いや侮れない、まぁ穴でもOKなんだけども。

とにかく「全力」とか「必死」とか「命懸け」とか、生死をかける、かけないってのは、「マ」の問題としてはポイントでしょうね。

――フリー・アズ・ア・バード……それはともかく今、2番目に此の日本に必要なこと、それは手鼻をとり返すことと。では、一番大切なものは何か？　それは「悪い八百長」を撲滅して「正しい八百長」のリターン。（あきる野市　49歳・自営業）

――

選ぶということについてはどうですか？　ってちょっと飛んだけど今、声が出たね。「選ぶ」と云われりゃ、成り行きってのは、けっこう大きい。ちょっとした成り行きもあれば、人類の歴史そのものを包み込むような成り行きもあるわけじゃん？　飲んで酔っ払った勢いで「選んでしまう」っていう感覚もありますよね。後付けで成り行きって事になるのかもしれないけどさ、例えば、「仔猫貰って下さ～い」「あらカワイイ」って時、Aの猫とBの猫と、どっちにしようかって時に、猫は意識してないけどさ、勝負させられてるんだよな。何者かにさ。

その辺は人間がジャッジメントする訳だからあいまいな感情が含まれているじゃない？　その点スポーツの世界というのは、サッカーでも野球でも少なくともちゃんとルールがあってね。何でも力と力のぶつかり合いで勝負がはっきりしてるじゃない？　その中でね、大山倍達ですよぉ‼　『空手バカ一代』の大山先生は、生前素晴らしい事を云ってるんですよ。

島崎敏郎だったと思う、とにかくそのタレントが生前の大山倍達をテレビ番組で訪ねて、「勝負に勝つ秘訣は何ですか？」って天下の大山倍達に訊いたんですよ。

そしたらあの大山が何て云ったかというと、俺はもう、テレビの前でぽんっ！　と吹っ飛びましたけど、**「勝負の時は精子をかける」**って云ったんですよ。

精子をかけるって！　そうかぁ！　精子をかけるのかー！　って。「精子をかけられるのかかけられないのか」が勝負の決め手なんだなあって。

みんなは俺が「生きる死ぬ」の「生死」と混同してるんじゃないかって思ってるかもしれないけど、仮にあくまで仮にだよ、たとえそうだとしても、真実はどっかで繋がってると思うんだよね。確実に。少なくとも言霊は一緒だよ。野暮な事云うんじゃないよ。


で、最近下火になったけど、週刊誌とかワイドショーで頂点まで盛り上がった花田家の争い、もめごと、お家騒動。昔は本当に絵に描いたような、親父の方の貴ノ花が現役で全盛の時ってさ、演じていたのかどうか客側は知らないけど、花田家は理想的な家族像に見えていた頃って正に土俵で精子かけてたじゃない？　輪島とかあの辺相手にさ。

俺が思うに、デブの息子、貴花田と若花田が中学校卒業して藤島部屋に入った時ってさ、ちゃんとしたお相撲さんに登りつめるまでの間って、これは俺の想像なんだけど、例えば肘を痛めたり、腰を痛めたりするとさ、親方が素っ裸になって、若なり貴なりが四つん這いになったり腹ばいになったりしてさ、上から藤島親方がこうやってピュッピュッて精子かけてたんだよ！　そうするとさ、痛んだ肘でも腰でも何でもみるみる治ってさ、そしてまたばんばんばん優勝を続けるわけね。

怪我して、親方が精子をかければパーって治ってさ、2人とも横綱まで登りつめた訳でしょ？　あれを、もし藤島親方……ああ、最後は二子山ね、とにかく親方が競馬界みたいに相撲界にも種馬制度ありだったら、いくら稼いだか分かんないよ。種付けの商売やったら。子供2人産ませて2人とも横綱ってこれ凄いよ。**名精子主だよ。**

ところが、花田家にヒビが入った理由というのは、ワイドショーでもやってないし女性週刊誌にも書いてないんだけど、俺が思うにはさ、結局、貴乃花がさ、宮沢りえのヘアヌードがどーのこーのじゃなくてね、とにかく貴乃花が横綱になって負傷した時に、いつもの通りに親方がさ、精子かけようとしたんだよ、そしたら、「いやも～俺も横綱なんだからさぁ、親父！」……親父っていうか、親方か。「そんな事よしてくれよ～」ってさぁ、続いて若もさ横綱になるや、やっぱ同じ事云うようになったと思うんだよな～。

「親方ぁ精子かけるのやめて下さい！」って。

こっから亀裂が入って。女将さんの中にも精子かけられなくなって、最終的には花田家全体が崩れ、着いた先は閻魔様が立ってたわけよ‼　そこで精子（生死）の裁断にかけられてさ、地獄の鬼籍の帳面に載ってしまったって訳ですね。だからですね、花田家一家の騒動は、精子が関わっているんですよ。

という事で勝負に勝つには精子をかける！　それを大山倍達に教わった。『空手バカ一代』全巻読んでもこの話は出てこないよ！

とにかく、ユーモアがその時に完全に払拭されたのが痛いとこだよな、最高のユーモアが、そこでさ。だからちょっと出世したからって真面目な奴になって偉くなるとダメなんだ。

で、またワザワザなんだけども、先代の故・二子山親方が、全盛期の時に、何がどう作用してこうなったのか定かじゃないが、因果のほつれとか毛玉みたいな、レコードをだね、吹き込んでるんですよ、それも、演歌じゃなくてさ、フォークなの、湯浅学が発見したんだけども、それちょっと聴いてみよう。

＊＊＊＊＊＊＊＊＊＊＊＊＊＊

「貴ノ花　男の花道」（山上路夫　作詞／都倉俊一　作曲／高田弘　編曲）

涙を流したことのない人間なんて
いないでしょう
苦しみを知らない人間なんてこの世に一人も
いないでしょう
苦しんで苦しみに打ち克って
そうして誰も生きてゆくんじゃないですか
あんまりつらいことが多いと何もかも
捨てて遠いとこへ逃げてゆきたくなります
　でも逃げたって、
やっぱり生きていかなければ
ならないんです

勝つということは自分に克つことです
生意気なようですが
そいつが人生というもんだと思います
男だったら苦労の二字を
胸にしまって笑って生きる
泥にまみれて傷つきながら
行こう負けずに男の道を

この道はどこへつづいているのでしょう
孤独な少年の日に、はじめて歩き出した道。
自分にもどこへゆくのかわかりません
誰にもそれぞれの道を
歩いて生きてゆくのですね
喜びもあれば悲しみもある
花が咲く時も、茨がつづく時も

だけどやっぱり歩いていかなければ
ならないのです。
誰も助けてはくれません
人の力を頼ることは出来ません
自分の道は　自分の足でしっかりと
歩いていかなければならないのです。
人がつくった　道なら誰も
涙しらずに　歩いてゆける
俺は自分の力で歩く
行こう花道　男の道を

＊　＊　＊　＊　＊　＊　＊　＊　＊　＊　＊　＊　＊　＊

——と、まあ、三途の川渡ろうってな曲調なんだけども、しかし、既に現役バリバリ、角力（すもう）とりとして人生の頂点に立ってるとき、フッと、こんな気持になりゃしないだろうが、本人自体、でも、色んなタマタマが重なって、フッとがフッ、フッフッ……と重なって窓から突然飛び下りちゃうみたいな、レコードが形になって世に出ちゃってたんだよな。

ボブ・ディランが云ってたのを思い出した、「どんなものであれ、誰かにレッテルを貼るときは、その人の他人への接触を制限しようという意図がはたらいている」（イースト・プレス刊「自由に生きる言葉」より）。

ああいう事が、当時の貴ノ花にはいっぱいあったと思うよ、オマケに「理想的な家族」と「元気な2人の男の子」だからね、そういうのが、沢山貼りつけられたんだってのは、ディランの発言じゃないが、何か解る。しかも角力界の中でだもん、そりゃあ、ねえ……。

本人の意図や意思はどうあれ、こういう形でソレが出ちゃう事がある、それがレコード、しかもドーナツ盤だから、チンポも抜けるくらいのイイ穴が空いてる。貴ノ花って意外と小さかった気がする。だから入ったね。輪島はちょっと無理だった。だけどそのかわりに横綱になった、と。そんなもんさ。とにかく象徴的な穴。「○」だね。

でまあ、生死、精子を、「親父やめろよ、俺たちはもう横綱なんだからよォ」って云われた当時の二子山親方は、結局、大関までで、横綱に成れなかったんだけど、横綱にまで成っちゃった、かつてワンパクダケドゲンキナフタリノデブに云われた時に、向けた背中が、その後の展開を総て物語っていたと思う。

おかみさんが、女優時代の全裸ヌードまで週刊誌に掘り出され、グラビア飾ってねえ。アレをあの時、コンビニで見て、たかだか2~3百円ケチッて、押さえないまま、週が変わったのは、俺自身の汚点だけども、しかし、背中で返す言葉がひ弱というより、「………」と全く出なかった、無言だったかもしれない。だったら、ハッテンバの掌の方がよっぽど同じ「……」でも云う事はちゃんと云ってるワケだよ。


とにかくだね、所謂「親父の背中」が、あの時の、さっきのフォークだったんだよ。うん。

そう考えれば総て合点が行く。


あと、それでね、「親父の背中」対決だとね、話飛ぶけど、輪島、輪島市 門前……じゃなくて、貴ノ花一旦脇置いて、マイルス。キース・リチャーズとマイルス・デイビスの「背中対決」ね。

一応、子を持つ親として、2人を比べるとね、キースに軍配が上がるんだな。

何故かってえと、キースはあれだけやっといて、ヘロインの悪口を絶対云わないワケね。

それどころか、息子のマーロンを、「5歳の頃からマーロンは俺のローディだった」ってなかなかの子煩悩でね。

フツウのお父さんが、「オーイ」「何あに、パパ?」「新聞とって来い」とか、「冷蔵庫からビール持って来い」みたいに、「オーイ、マーロン」って白い粉とかチューシャ器とかボングー式持って来させて、目の前でキメていた。あそこは又、女房（当時）と夫婦でソレだからね。しかも次男は生後2～3ヶ月で謎の突然死、娘は三ツ口だし、まあ、原因はおおかた察しがつくもんだけど、でもキースは、他にも捕まったり裁判がどーの、煩わしい目に散々あっても、**ヘロインの悪口は絶対に云わなかった。**しかし、よその家へ行った時とか、来客が来てキメる時のマナーには厳しかったんだ。

で、そんな境遇に育ったマーロンを周りは当然危惧してただろう。俺も「こいつ将来どうなんだろう?」と高校生の頃から思ってたよ。ところが、聴くところによると、マーロンは今、ちゃんとした社会人に成って服飾デザイナーをやってるっていう。一方マイルスは「自伝」の中で急に神妙になって、世間にクズ扱いされダメ人間と云われてた息子達を振り返った時に、「子供たちの見ている前でコークをスニッフしてた、アレだけはまずかった」って反省してるんだよ。

で、俺は、思ったよ、「ここだな!」って。

そこで反省したマイルス、結果論なんてヤボなもんは脇置いて、そこの差だね、キース対マイルスの親父の背中対決、キースに軍配が上がるのは。

また、同じヤク中でも、「R＆Bには笑いの要素がある」って云うキースの方が、ウェットだけど、モダン・ジャズが音楽的には出自のマイルスは、クールってより、ヤク中としては、ドライだってのもあるかと思う。

「カインド・オブ・ブルー」聴いても笑いようがないじゃん、ユーモアがないからね、元々演ってた音楽には。まぁ、アガルタとかパンゲアの頃になると徐々に可笑しくなってくるんだけどもね。その点、ストーンズではハナから笑い入ってるからね。

え〜、そんなワケで、「親父の背中」はキースが横綱で、まあ、マイルスが張出し……否、大関だな、この件に関しては。ヤク中として、自分に厳しくもなかったし。で、貴ノ花に至っては幕下、泣き言みたいな暗い四畳半フォークじゃあ、R＆Bやアガ・パンのマイルスには勝ち目がないよ。

しかし、人生、話、ちょいと飛ぶけど、でも、とにかく、幻のブルースだからね、本当は勝ちや負けのない、勝敗なき勝負なんだよ、只、負けたくないってだけで。

てえワケで、ここでちょっとおさらいを。

くまぼろしのブルース

——来年のクリスマス（自分、ジーザスと誕生日同じっス）は恐山でイタコとすごしたいDEATH《で〜す》！（郡山市　26歳・派遣社員）——

＊＊＊＊＊＊＊＊＊＊＊＊＊＊＊

「まぼろし（幻）のブルース」　藤本卓也　作詞・作曲・編曲

一.

あ！　追えば追うほど
あ！　逃げて行くわ
あ！　あれはあなたの
あ！　まぼろし
酒の力で　夢が近づく

そんな気がして　飲んではみたが
あ！　ここまでおいでと
あ！　まぼろし

二．
あ！　酔えば酔うほど
あ！　私を招く
あ！　あなたが踊る
あ！　まぼろし
　　地獄の底へ　落ちる私を
　　なにも言わずに　ほほえむあなた
あ！　ここまでおいでと
あ！　まぼろし

＊＊＊＊＊＊＊＊＊＊＊＊＊＊＊

山頂は蜃気楼みたいなもんで、実は山なんかない、だから、登っても登っても頂点に辿り着けない。

♪あ〜追えば追うほどあなたは逃げる〜　人生、「幻のブルース」ですよ、延々と峠を越えるしかないんだろうが、でもたとえ「幻」でも頂上が見える以上はそこを目指して進むより他、しょうがないでしょう。それが、まあ、「生きる」って事でもあり、演技プランにも関係してくるしね。また、韓国語で「イ・キル」が「この道」ってのもよく出来てると前から思うんだけど、それで、幻のブルースだけど、藤本卓也先生の同曲に倣えば、♪地獄の底に　堕ちる私を何も言わずに　ほほ笑むあなた　あ〜、まぼろし〜。と、着目したいのは、堕ちる「私」も自分なら、それを、ほほ笑む「あなた」もまた自分、つまり「私」なんだって事ですよ。

前者を陰、ネガ、意識と無意識の狭間にある自分なら、後者は陽、ポジ、より客観的な自意識とも考えられ……

しかし皆さんねえ、幻の名盤解放同盟の最後に辿り着くというかGETする究極の一枚って、どんなレコードかっていうと、あのマリア四郎で藤本卓也が作詞作曲編曲したっていうシングルがあるって云うんですが、正にそのレコードなんだけども、それがまたねえ……。

藤本卓也先生曰く、

「マリア（四郎）？　……ああ、あいつとは1枚やった。」

「えっ、本当ですか？」

「んん……、やった気がする」

って話があって、この件、追求する程記憶は遠くなっちゃうんだけども、先生、日本酒好きで、ピッチ早くてね。とにかく、同盟の廃盤行脚に「あがり」があるなら、まあ、要は「頂上」だな、それこそ「気がする」に由来する、本当の幻のブルースなワケですよ。何しろ、曖昧な遠い記憶の「気がする」だけが根拠のレコードを探さなきゃならないんだけど、でも、そういうレコードはもう実際に有る無しじゃないからね、もう。こっちも求める気持ちは持続するけど、こちらから毎日、1年、10年、全国の中古レコード店や古道具屋を探して回るとかネットで検索とか、やんない、そういうレベルじゃないからね、有りゃ、ある日突然、「どうも、どうも」って、義理で葬式にヘラヘラしながら、顔出す、蛭子さんみたいに、あっちから来るだろうし、その1枚のレコードの「存在」は、「実物」なんか極端な話どうでもよくて、藤本先生に「気がする」と云われてしまった以上……、ね。しまった以……、この「……」に一番の旨みがあるわけなんだよな。

――次回予告　毒蝮三太夫、激白！　深夜タクシーで帰宅中、運転手（52）より突然「お前の中の俺を返せ！」と怒鳴られたその真意と感動秘話――

しかし、杉作さんの「20年かかった」じゃないけども、やっぱ、こういう事は解るまで最低、傍目にはバカげてようが、20年はかかるんだな。

昔、川西（杏）さん（※23）の歌謡ショーを観に、同盟3人で鳥山区民センターに休日のたんびに通ってた頃、こんな事があってさ。

まず冒頭の、のど自慢大会、出場した爺さんが、課題曲の川西ソング（※当時）の中から「芦花の雨」を歌って、次に、持参のカラオケで北島三郎か何かを歌うんだけども、途中、操作ミスでテープが止まり、中断したんだな。

我々観衆は、しばし放っておかれるんだけど、そのうち司会の長山一郎（※25）さんが出て来て、「スミマセン、ちょっとテープの状態がアレで、18番の坂本さんには、ショーが終わった後に、もう1回歌って貰うという事にします」って云って。で、約6時間後、ショーがひと通り終わり、「最後」に件の坂本さんが、もう1度歌う事になり、舞台に立った。と、その時に司会の長山さんがこう云うんですよ。「坂本さん、先程は失礼致しました。もう1度歌って頂きましょう。では、**まずは『芦花の雨』から**」

それを聞いて俺たち3人は「えっ課題曲はちゃんと歌ったはずじゃあ……」って、まだ若かったんで、野暮と知らずに各々顔を見合わせたんだよ。で、無事「キング・レコード専属歌手」川西杏・作詞・作曲「芦花の雨」を坂本さんはフルコーラス歌い、次に自由曲の北島三郎を、今度は最後迄、テープも止まる事なくこれまた、無事に歌い終え、そして、川西審査員長がのど自慢大会の優勝者を発表するんだけどさ、なにしろ時間が**7時間待ち**なもんで、優勝者は呼んでも出て来なかった……テレ屋というより忙しくて帰ったんでしょうなあ。で、2回、舞台に立った、坂本さんは、入選者には選ばれなかったんだ。

それから20年経って、今度はつつじヶ丘児童館ホールで、川西さんの歌謡ショー。この日は、何処で知り合ったか、ハワイアン・バンド数組が出演し、中には「ラスト・ワン」とい

The who
MAXIMUM R&B
TUESDAY AT THE
90 WARDOUR ST
MARQUEE

THE WHO

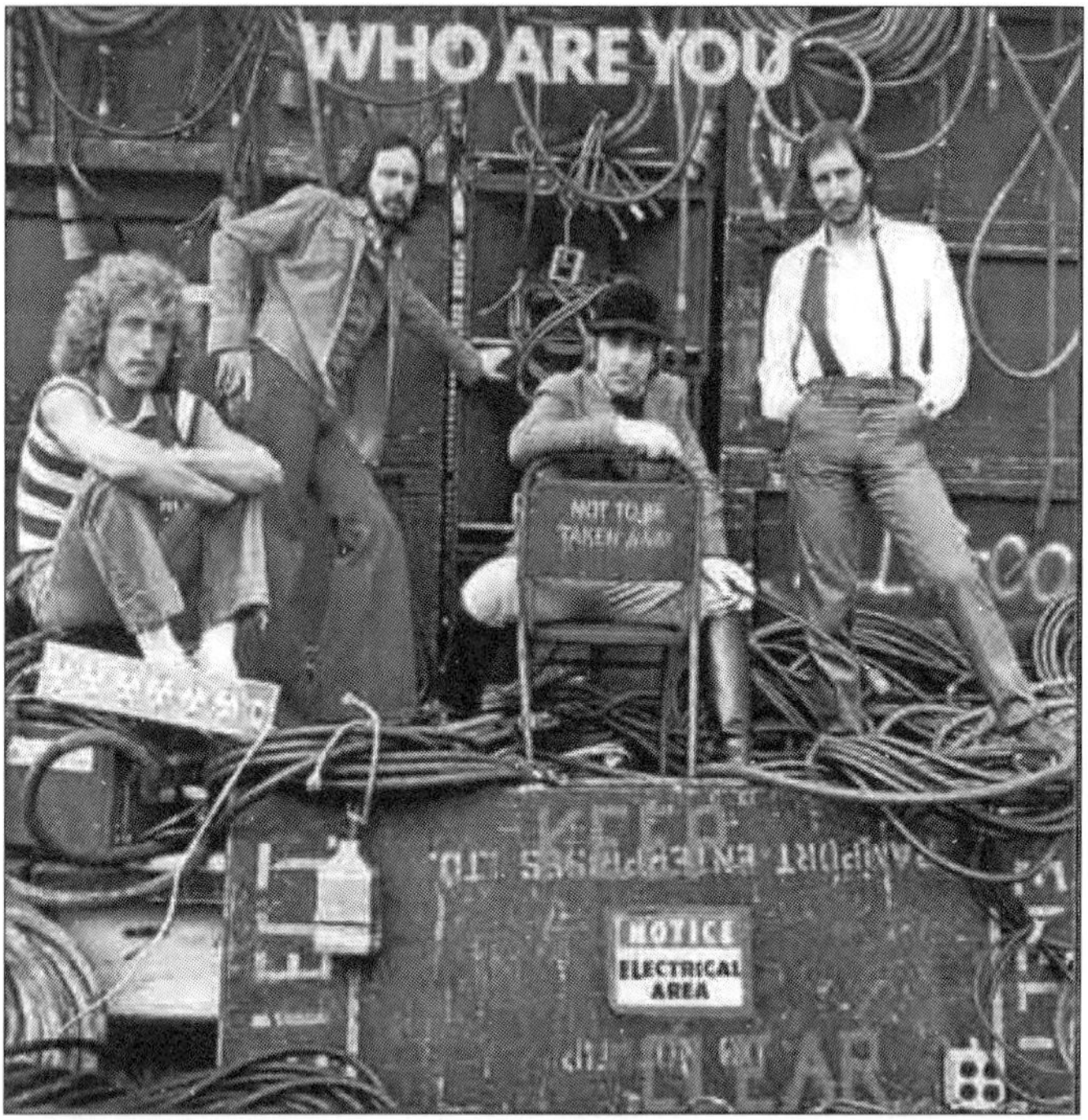
WHO ARE YOU
NOTICE
ELECTRICAL
AREA

THE WHO

THE WHO sings
MY GENERATION

THEWHO
WIRE&GLASS
SIX SONGS FROM A MINI OPERA

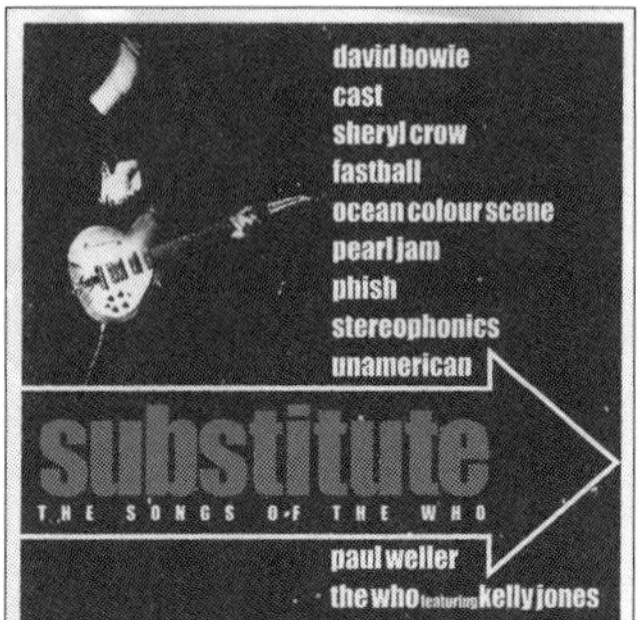
david bowie
cast
sheryl crow
fastball
ocean colour scene
pearl jam
phish
stereophonics
unamerican
substitute
THE SONGS OF THE WHO
paul weller
the who featuring kelly jones

う、ちょっと目を引く名のバンドもチラシの中に有ってね。

川西さんは元・三島敏夫のグループでスチール・ギターを弾いていた事がある、という人のハワイアンバンドをバックに歌うという。いつもはカラオケで、生バンドをバックで歌うのは、20年振りとかそのくらいでしょう。

で。御大がいよいよ登場し、まずは白いスーツで「釜山港へ帰れ」をあいかわらず美しい声で歌うんだけど、それから、「私　祈ってます」や「今夜はオールナイトで」なんかのヒット歌謡をメドレーっぽく何曲か歌って、バンドの演奏中、一瞬消え、川西さんが今度はパヂ・チョゴリに着替え、**また同じアレンジで「釜山港へ帰れ」を歌ったん**ですよ。

——と、ここで、ようやく20年前に坂本さんが、2度目に歌った時、課題曲からまた始めた、あの「何んで?」が解ったというか、腑に落ちたんだな。


とにかくこの、究極の1枚のおかげで、「幻の名盤解放同盟」という……まあ、商売上、局側が自主規制するんで、何かと損するばかりだけど、しかし、この名称はより深くて、永遠に近づいた……って「気がする」。と、そういう事です。

とにかく「人生、幻のブルース」!!

（WHO ARE YOU て代用の〜て伝えるでしょ。そうで〜ずーっと続くもの

――お爺ちゃん（94才）、ホームを脱走して裸足で薬局へヒロポンを買いに行かないで！――※ヒロポンは昭和26年、法律で禁止されました

しかし、そもそも、目的地たる山頂だけが幻なのだろうかって話に持って行ける。自分は実のところ、本当の自分なのか？　と言って、ＴＨＥ　ＷＨＯのアルバム『Ｗｈｏ　Ａｒｅ　Ｙｏｕ?』のジャケを見て貰いましょう。

これが出たのは、その当時、この真ん中のキース・ムーンが発売後、すぐ死んでね、Ｐ・マッカートニーのパーティーで泥酔して帰ってから、アル中の治療薬……あの酒飲むと苦しくなる、アレを大量摂取して。その頃、椅子に書いてある〝ＮＯＴ　ＴＯ　ＢＥ　ＴＡＫＥＮ　ＡＷＡＹ〟の文字が符合として話題になって、俺も長い事、そこにしか目が行かなかったけど、よく見ると〝ＮＯＴＩＣＥ〟って、他にも注視すべき事が幾つか書いてある。〝Ｅｌｅｃｔｒｉｃ　Ａｒｅａ〟とかさ。〝ＫＥＥＰ　ＣＲＥＡＲ〟って文字もある。

とにかく、そこは空けとかなきゃ、電氣菩薩の仕事の邪魔にもなるよなあ、とか考えたり。

で、『Who Are You?』のジャケ見ながら、ここには入ってない曲を1曲かけます。SUBSTITUTE……代用品。邦題は「恋のピンチヒッター」と、邦題自体が、歌の本題を更に代用してるけど。皆、自分を自分だと思ってるけども、本当は誰かの代用品、或いは「代理」人として、生きてんのかもしんない。

えーと、英語よく解んないんだが、むしろ皆さんの方が聴いてみて解ったんじゃないかと思うけども、一応〝大意〟を云いますと……。

ピート……ってえか若い長身の兄ちゃんが、ソコソコ、そそる姉ちゃんとおデートをしてます、と。

で、ピートが、男の方が、女に俺ら「似合いのカップルだと思ってんだろ?」とか。あとその、「俺の」って自分の靴指して「オマエ、革製だと思うだろ? 実はゴム製」と来て。

で、「どーせよー、俺はよー」ってね、要は〈本命〉じゃなくって、他のどっかにいる別

ハーイご紹介します
こちらが"本当のご自分"でございます
カーテン
何方道《クロスロード》
もじもじ
ドキドキ

の誰かの代用品なんだろう？

こう、皮肉っぽくせまり、せまられ、更に拍車はかかるワケ。

えーと。

──……応、一応か。そのう「身長もある様に見えるだろうが底上げでゴマカシテルンダゼ」とか。

次の一行がイイネ。

「単純に見えている物事もその実状は複雑なんだぞ」ってな意味なんだろう。

それでまだまだ皮肉っぽくセマルのね。

繰り返し自分は見てくれはどうあれ実は代用だって卑下して、更に。

「事実とか本音とか本心をあざむく」──まァその年頃の遊んでる姉ちゃんだから、ひとりは格好つかないだろ、で、「俺は代用品だ!」って。

あとはもう、ヤラセテクレル？　ものも、最後は手ゴキ、おっと、手コキさえも退かす様な詞が並ぶ。

えぇ、あ──。

「俺はよー、白人に見えるけど親父は黒ン坊なんだ」だの「着てるスーツもちょっと見、シャレてるけどボロ切れのつぎはぎだ」とか、「貧しいムラの出自だ」だの。

ついでに、その女の顔にも触れて、「整形だろ、知ってんだよ」って。

とにかくだね、それで、女が泣きゃあ「嘘泣きだろ」って具合に。

もう全部、事実をあざむく「代用品！」「代用品!!」。

SUBSTITUTEだって、そんな事ばっかりデート中に、ピートってえか、「男」が「彼女」に浴びせる。

浴びせながら、でもヤラセロみたいなね。

「恋のピンチ・ヒッター」とはよくつけたもんだよ、この邦題。

まあ、そんな〝大意〟です。

でしょう?

そこの英文科出身の人。

ね。


生きてる時は皆、自分を本当の自分だと思ってるけども、本当の自分ってのは、死んだ時に三途の川へ向かう、途中の何方道《クロスロード》の仕切りの向こうに、今時、パンチパーマで、蝶ネクタイの男がカーテン開くと、立て膝ついてかしこまってたりする。**それが本当の自分で、生きてる間は会えない**んじゃないか?

とにかくだ、生きてる間は本当の自分の代用品。サブスティチュート、ないし、代理として生きるより他ないとしたら、いよいよ**人生は、この世は「映画」です、「芝居」です。**だから、皆、己を生きるってのは「本当の自分」さえ、「本当の己」殿を演じるって事で、その意味で皆、役者です、そんで、世界は「映画」であり「漫画」であり、又、だからこそ、神様プロダクションという黒子たちの職域も立つ瀬が出来るって寸法だ。

逆説のトリックで、「生を知るには死を真剣に考えろ」ってのが最早、ハヤリとして通説化してますけどね、俺は深夜、仕事とかしてる時、不意に「今」こうして生きてる事そのものの方が余程怖くて震えが止まらなくなる事があるんだよ。死は未知と世界の消滅への恐怖と同根だから、空想でもあるけど普段、当り前の、生きているという状態を何かの拍子に深夜とかに、「ウワッ引っ張られてる」って激しい引力みたいなもんを、肌で強く実感した時には、押し潰されそうな恐さを感じるね。

で、話は例の如く飛ぶんだけども、ビートルズの**「トゥモロー・ネヴァー・ノウズ」**じゃないが、明日は決して解らないというけども、でも、死んだらどうなるか、という明日以上に分からないのは昨日だよ。まだ歴史というには短い、昨日、先週はもちろん、わずか数年、数十年の昨日、こっちの方が俺はむしろ解らないと思う。だから、「トゥモロー・ネヴァー・ノウズ」ってのは同時に或いは、より長い目で見て、それ以上に**「イエスタデイ・ネヴァー・ノウズ」**ってことなんです。

　事実は一瞬、正に「今」と、思ったら今の「今」既に過去でしょ。で、「今」の後ろも前も、とにかく前後、過去も未来も全部、虚構、フィクションでね、その、**過去は記憶の産物で、長嶋茂雄みたいなもん**で、**記録より記憶**だよ。**変化もする**し。

　しかし、時にその、「一瞬の事実」ってのも、案外暴力的でね、例えば、冬、晴天、ポカポカとした日中、掛川駅でボーッとして「こだま」**（韓国語で「サヌリム」）**を待ってたら、突然、不意に目の前をガアーッと一瞬、暴風雨の様に通り抜けてって「何んだ⁉」と思うともう遥か遠くを走ってる。その一瞬の暴力を「のぞみ」って呼んでるんだが、ケッ、アレの何が「のぞみ」だよ。のぞみはカワイイ娘さんの名前だけで結構。

　ま、そりゃイイとして、さて、ＴＨＥ　ＷＨＯのジャケ、今度は３人になった、21世紀に入ってのライブＤＶＤを観て、その後、ベースのジョン・エントウィッスルが死んで、２人になった、ＴＨＥ　ＷＨＯのファースト・シングルのジャケ。考え過ぎて神経がすぐ歪む、向かって手前のピート・タウンゼンドより、物事を単純化して捉えるロジャー・ダルトリーの方が長生きしそうだけど、このバンドは元来、ピートの不安定な自我を楽曲化するための集まりだから、若い頃、成り行きで深い考えもなくつけたバンド名だけども、ロジャーが先に死に、最後はたった１人残ったピートが、ロックオペラ「トミー」他じゃないけど「鏡」んとこで映った「自分」に問い掛けかけられんだよ。「フー・アー・ユー?」って。

で、まあ、また、ＴＨＥ　ＷＨＯのトリビュート盤のタイトルが単にそれこそロンドンの人間というか、いかにもピートらしい皮肉っぽい自虐的なニュアンスで「サブスティチュート」と付けられてんだけど、これは象徴的だよな。

で、今、オリジナルメンバーが２人にサポート加えて、この本が出る頃には来日公演も終わってると思うけど、キースも、ジョンもいない、ＴＨＥ　ＷＨＯじゃあ、本当のＴＨＥ　ＷＨＯとはいえないと云う人も多いですが、なら、やがて、２人も死んでオリジナル・メンバーの１人もいないバンドが、ＴＨＥ　ＷＨＯを存続すれば、それが本当に本当の ＴＨＥ　ＷＨＯかというと、それはまた別の機会にって事で、だからこの辺にしておこう。

でも、皆、誰かの代用品で、ならばと、本当の自分探しの旅——まあ、それは突き詰めりゃ、東尋坊にでも飛び込んで、死んじゃう事でもあるんだが、そんなもん出るくらいなら、むしろ、シンクロっていうか、ワザワザやタマタマの連鎖の中にお地蔵さん並べて、意味というより、理由をまず探ったり、その理由に後追いして生じる意味に筋を通すととりあえず自分がおぼろげながら生じ、で、今、何幕何場かを見極めて、演技プランを立てた方が良いと思うって、話がかなりややこしくなったようだから、本当にこの話、この辺までにしておこう。

でも、要は、あすなろ物語って事だよ。「今の自分」以上に進歩するには。そうしとこう、……今日は。

——フンゴギ・ヘッゴ！　VS豚の去勢を業とする人を方言（琉球）で「ウワーフグヤー」と呼んでいた。——

ところで、後日談だけど、この起こした原稿、この本の版元の担当、鬼頭さんに送った翌日の（8年）11月17日の武道館へ行ったんだよ。THE　WHO観に。で、密度として、10

何年ぶりとか、そういう知り合いにけっこう、バッタリ会うなとか思いながら明け方、ミュージックマガジンの80年1月号が出て来て、開いたら、ユーヤさん。内田裕也さんが、中村とうようさんにインタビューされてて。

丁度、武道館でのあのピンク・レディと勝新も出た伝説の「ロックBAKA」を控えてる時だったんだけども、読んだら驚いたね。中村とうようさんがユーヤさんに、「いくつになったの？」って訊くんだけども、そしたら、ユーヤさんが「この前の11月17日で40歳になりましたよ」って答えてるワケだ。

て、ことは、今日、39年生まれだから、ユーヤさんは、69歳、つまりロックの年に成ったんだよ。

そんで、話にはTHE WHOのコンサートで人が11人死んだとか心配してたり、こりゃあ、今日、11人武道館で死ヌカモとか、ろくでもない事考えた後、とにかく、この記念すべきロックの69歳誕生日にユーヤさん、武道館でTHE WHO、来るな、で、バッタリ会うような気がして来ちゃって、〝黒い野獣〟に襲われた、強迫観念だね。で、ちょうど『怪人無礼講ララバイ』のアメリカ版が出たばっかで、ユーヤさんも出てるから、ソレ持ってって渡そうって、とにかく武道館へ向かった。

そしたら、九段下の階段上がったらイキナリ、まずＴＨＥ　ＷＨＯと藤本先生の原稿送ったばかりの鬼頭さんと待ち合わせしてたみたいに会ってね、バッタリ。こりゃ、ユーヤさん益々、注意して見てないと、と思って。

で、ＴＨＥ　ＷＨＯのＬｉｖｅ、結局、「ＳＵＢＳＴＩＴＵＴＥ」はやんなかったんだけども、帰り道に辺り見渡してもユーヤさんはいないワケ。

それで、門を出て、バッタもんエリアをザッと見てなるべく金遣いたくないから、ちょっとイイと思っても、マヌケ度がポンチャックに比べ低いとか口実つくって、家路につくことにした。しかし結局、鬼頭さんだけで他の知り合いも見かけねえなと思いながら、とにかく帰ろうとしたら、「ん⁉」とお見かけしたのが……。ムーン・ライダーズの鈴木慶一さんとバッタリお会いしたワケですよ。

鈴木慶一さんとは前にお会いした時に、藤本（卓也）先生の曲の分析とか、成る程ってなお話伺って。

で、「根本さんは内田裕也さんも好きなんでしょ?」「ええ」という話になって、鈴木さんが、「僕はまだお会いした事がないけど、凄い話をよく人からきく」って、ユーヤさんの話で盛り上がって、「やっぱユーヤさんはイイなぁ」とジーンと来てね。

――で、思ったよ、「あっ、コレだったか、今回のサゲは」って。……しかし、さすが鈴木慶一さん、『鈴木の人』（※26）ってたたずまいで、実にユーヤさんのSUBSTITUTEやんわりと代役して下さったって感じでね。

で、ウッカリ、『Monster Men Bureiko Lullaby』かわりに進呈しようと思ったけど、原本の『怪人無礼講ララバイ』差し上げてないのに、それじゃ、脈絡として、本当のユーヤさんの〝代用品〟に成って、こりゃ失礼だと思って渡さなかったけど（因みにユーヤさんは再結成したF・T・Bを引き連れ、その日はカナダ大使館を訪ねていた）。

で、次の日、当分都心に出ないから、駅前の山野楽器に注文したよ、鈴木さんの最新ソロアルバムと、80年の発掘ライブと、2006年のワザワザ『C．C．レモンホール』ってタイトルにつけたDVDを。

さてとそんなこんなで、まあ……。

「自分」が何者であれ、どう生きるって演技プラン立てるにしろ、それには今、ここに在る自分の限界を知れって話もよく出るけど、これもまた、やっかいで、それには自分のテリトリー、領域、それが半径4次元メートルの何処の辺までか当りをつけとく必要がある。

半径4次元メートルも円形じゃなくて、仮にその、4次元メートルを見えるようにしたら、バカボンのパパが大工の役で登場して、建てた家があるでしょう? あの **「ハリとカモイがシキイなのだ」** の巻みたいな形をしてて、玄関入ると便器で、便器ぐるると、台所のヒラキで、居間は坂に成ってて、寝室が畳一畳で、押入れが凄く広くて、その隅っこにネズミさんのドアがついてる、そんなのだろうと思う。

ってえか自分のテリトリーというか、この宇宙そのものの全体像が、そんな形をしていて、だったら、アインシュタインも後年色々間違ってるって指摘されても無理はないよ、赤塚不二夫デビュー前の人だし、その上、バカボンのパパが建てたんじゃあって、あ、**「真理に時空は関係ない」** ですから。

湯浅もよく書いてるでしょ。

「五月みどりの『一週間に十日来い』(66)は、ビートルズの『エイト・デイズ・ア・ウィーク』(65)に確実に影響を与えている」ってさ。

何方道、時系列を一度、取っ払わないと、見えてこない、そういう部分が、まあ、本質的というか、本質には必ずありますよって、こと。

横浜銀

終章

ド忘れした時の状態、タレントの顔見て名前を思い出せないけど、解ったところで大した問題じゃなくても気になって思い出そうと、脳味噌の内側をグルグルと回転する、あの時の頭ん中の、はたらきと似たもんがあるんだな、30年、40年、50年かけて思い出す、「あっ⁉水前寺清子」だったと、３６５歩のマーチを歌ってた短髪で着物の歌手の名前に辿り着く……。

俗に言う「真理」だの「真実」だの、世間の云う、本質ってえのを探求したところで、**或いは「悟り」**だったり、とにかく行き着くところは「水前寺清子」みたいなもんだから。俺のこの「講義録」で云ってる事なんて、**何ひとつ新しいもんや発見なんかない**よ、要は、今の時世ではこうこう云われてるから、その逆を云えば、バックのね、通説とのコントラストで「成程」とまるで如何にも「正論」だと思う人も出て来るワケですよ。

尚、自分で「私は正論の人です」って知り合いが急に云い出したら、ってさっきも云ったけど、とにかく注意した方が良い、狂う直前か、もう狂ってる証拠だから。それって。普通の奴に云えないよ、そんな事。――あ、鳥山の御大（JOON ZU HAING 氏）は別ですよ。

あと、『スピリチュアルな私』にも気をつけてね。見てんのは霊じゃなくて、単なる零だからさ。そんな女だか男だか、下手に掛け算したらこっちも何もなくなっちゃうから。

さて、この夜間中学へ通ってる人なら、「因果鉄道の旅」（ＫＫベストセラーズ刊※'09年現在）でお馴染みの、内田って奴の詳細は知ってるものとして、省きますが、あいつは、和歌山の毒入りカレー事件の真須美だっけ？　風貌も含めてアレに近いんだな。

何やっても、自分が悪いとか、やったとか、そんな意識はない。むしろ人のために自分は尽くしている善意の人だと信じて疑わない。

で、この前……ったって2年ぐらい経つかな、たまたま一緒に仕事した奴が、まあ、俺の事、全然知らないんだけど、だからこの本も読まないだろうし、読んだとしても自分だとは思わないだろうな、名前書いても。って、それ位に自分に対して都合の良いイメージ以外持たない、持てない奴でね、その自称プランナーだかなんだかの下の名前が、ワザワザ〈哲司〉っていうんだよ。

こいつが、嘘八百並べても、とにかく、てめえの怠惰とか、あからさまな落ち度を、こっちが知ってても、面と向かって聞いてると、自分が見聞きして、つかんだ事実が、まるで全くの誤解で、そいつの、一歩引いて冷静に考えれば凄いてめえ勝手な云い逃れだって解るんだけども、ともかく弁解に耳傾けてると、こっちが皆揃って誤解してたんじゃないか？　と、一瞬自問しちゃったりして、とにかくウッカリ気付くと持ってかれちゃう、そういう、「因果鉄道の旅」の内田と実によく似たタイプなんだよ、外見はオール巨人をヒョロヒョロにしたみたいな、神戸かどっかの出身なんだけども。

で、改めてそいつの語り口の巧妙さから学びましたよ。

「成程、哲を司るとはこういうものか」ってね。

哲学なんてのはソクラテスの時代から、その発端は**ナマケモノの自己弁護**だからね。

しかし、木にずっとぶら下がってジッとしてる獣の方のナマケモノ、アレは存在そのものが、〝哲司〟もお手上げの正に「哲」そのものだね。

ああ、それで、以前ＮＨＫの「ラジオ深夜便」だったと思うけど、シナトラ版じゃない、原曲の「マイ・ウェイ」を聴いたんだけど、元々はシャンソンで、ソクラテス同様に、てめえの甲斐性なしを弁解する男が、女房に水引っかけられるみたいな曲だったと思う。ま、「哲学」とか「マイ・ウェイ」ってのは最後、あげく、女房だか、親類だか、世間やマスコミなんかに水引っかけられる、そういうもんなんだろうな、本来。勝新も云ってたもの、「哲学ってのはありゃ、弁護士みたいなもんで、絶対に本当の事は云わねえな。云うのは俺ぐらいなもんだよ」って、執行猶予判決後、雑誌のインタビューで。

それで、この「講義録」ですが、要は**臨機応変**。……と漢字で書いて、〈モノハイイヨウ〉とルビを振る。で、負けたら「負けるが勝ち」と云い、勝ちゃあ、「勝ちは勝ち」だからさ。

●人は33歳迄に培ったもの、与えられたものが総てである。それ以降はそれらの応用力にどう磨きをかけるかしか「配当」はない

結局、ＴＰＯとか、又、誰が云うかが肝心で、実際、**浜崎あゆみがインタビューなんかで云ってる事と、根本敬の云ってる話の中身に、そんな大した差はない**んだよ。「水前寺清子」が「都はるみ」に変わったぐらいのもんでね。しかし、この通り、自分は臆病で、温厚な人間なんだけども、傍目には「危ない」っての？　そういう人に目視されてたり、印象を与えたりしてる節もあるんだが、振り返って、そんな意識はないんだが、でもないから

こそ、後からよくよく考えてみたらってのは、まあ、少なからずあるにはある。

例えば、この「映像夜間中学」でだったら、あの、色々、云い方はあるけど、ブルセラの帝王、辻（幸雄）さん（※27）が裏ビデオの親切販売（註※送られて来て、観賞後、気に入らなかったら代金は払わなくても構わない）で捕まって1年ちょい入ってて、で、出て来た、殆どその足で、まあ途中、美容院に寄って髪をモルツとハイネケンの模様に染めて、とにかく、ゲストとして出演して下さった時があって。

その時は軽くスタッフに、「もし会社にヤバイもんが**引き出しの奥かなんかにあったら、**持ち帰っておくように、私服のヒトが客席に混じってないともいえないから」ってな注意をしたぐらいで、当日は、大画面に、辻さんがその、向こう側へ入るアレになったヤツ、まま平然とスクリーンにずっと、って、そんな回もありましたが、確かに、云われてみりゃあ普通やらないんだろうと思う。この辺、そうさせちゃう、辻さんのあの人柄もあんだけど、でも俺の性質も、そうだな……。

早田（英志）（※28）さん、蛭子さんと「アックス」で座談会やった時、早田さんが、子供の頃から貧しい漁師の家に育って食うに困ったエビスさんと、エビスさん曰く「目黒のお屋敷で育った」俺と比べてね、早田さんが、早田さんも八代市の凄い名家の出だからね、子供の頃、食うに困った経験は当然、暴走族やツッパリとか、金属バットで滅多打ちに、半殺しにしたりされたりって背景もないワケよ、俺も早田さんも「坊っちゃん育ち」だから。「坊っちゃん育ち」って早田さんが云ったんだけどもね、「私も根本さんも蛭子さんと違って」って。

ソレが、早田さん曰く、自分をコロンビアの鉱山へ迄行き着き、開拓時代の西部劇みたいなドンパチの世界へ向かわせたって云うんだけど、尽きるところ、そういうのひっくるめて「道楽」で、元を辿れば「お坊っちゃん」だったから、逆に、「道楽」としてそこ迄行っちゃったってんだけども、ソレ、早田さんと自分じゃメジャーリーガーと目黒区のリトル・リーグくらいの差があるけども、根にあるところは共通してんだなって感ずるんだよ。

ってワケで、俺が、暴走族通過して、喫茶店入る時も、いちいち窓際から離れて見晴らしの良い席に座って、食べ物注文する時も絶対にピラフでなくてナポリタン注文する……ほら、スパゲティだとスプーンじゃなくて、フォークだから、イザッという時に刺せるでしょ、来た奴を。って、コレは「鬼畜ナイト（※29）」で夏原（武）さん（※30）から聴いたんだけど。

とにかくそういう身の上だったら、出て来た辻さんのヤツ、何も考えないも同然でわざわざ映さないよ、そこが「道楽」の産物たるところなんだろうな、「お坊っちゃん育ち」のね。

本当の危なさはどうしても探究心の対象になっちゃう、然るべき歳にそういう目に遭ってないから。

こういうのは、直る？　治る？　……とにかく、ナオルナオンナイって話しじゃなく一生こんなんだろうな、性質だから、もうコレってのは。でもとにかく、自分のテリトリーは遵守した上での「危なさ」だからね。手綱は握ってるワケだよ、一応。だから、こうして最終的に「金銭」へ変える、ケチ臭いけど、まあその、錬金術師だよな。しかし無から有を生むったって、時給に換算すると安いよう、よく「10年かけて1円（玉）」稼げたと思うよ、あんな大金。

「序章」でもちょっと触れましたが、「部長」が云うには、例の穴、「●」からは手だけではなく、御挨拶に、場に応じてはピーンと硬く直立したモノを隣の先輩、或いは先輩から後輩に差し出すという、作法もあるワケです、「如何ですか?」って。

つまり、「手」ではなく「チンポ」で言葉無き会話が行われる場合も多々あり、その光景は、実にユーモラスですが、でも、ユーモアの語源自体がラテン語の「フモール」という水分を表す医学用語から来てると、この前ブックオフで105円で買った本に出てました。

だから、その穴、「●」から突き出したヤツと黙して話が成立すれば、手コキだろうとしゃぶり付こうと、最後は体液、つまり水分が、飛び散るんで、ユーモアとしては異端に追いやられてる様ですが、コレは正しい、むしろ、TVの「バラエティ番組」は勿論、『笑点』なんかより、全然、正統なわけだ。だって、「こん平でーす!」って云っても、ザブトン10枚貰おうが、30枚貰おうが、40年以上やってて、誰一人として射精してないでしょ? 多分。

——もっとも、ブラウン管の中じゃなくて外はまた、別モノで、「豊漫」ビデオに接する様な観賞法もそりゃあ、有り得ますが……。何しろ沖縄には蛭子さんズリネタにしてる「先輩」いましたからねえ。

と、こんな事、今までした話、友達や職場の人に云っちゃイケマセンよ。いいですね? ハイ。てなワケで、**「暗黙の了解の密室の秘め事でこそ『本当』の言葉が生きる」**という、この映像夜間中学の〈生徒の心得〉が実証出来たってワケです。

と、まあ正に、臨機応変と書いてモノハイイヨウと読むって云ってたのを思い出す方もおられるでしょうが、好きにしてくれ。

因みに、秘密とは何か？　そりゃ、当人がそうでありたいと、守りたいと、願い堅く口を閉ざしながら、実は、当人以上に当人を知る「当人博士」の他人がより深く心に秘めたるところのもの。大方はそんなもん。

しかし、9年もまあ、やってりゃ、映像見せるだけじゃなく、とにかく色んな事やりましたけどね、一度（本格的に）朗読でってのをやった。**北條民雄って癩病**……つまり、ハンセン氏病の私小説家が昔いて、同じ所に隔離された、同病の仲間の手足が、ボロッと崩れ落ちたり、木を見て、首くくろうか、どうしようかって、そういう私小説があって、その、短編、「命の初夜」を、とにかく部屋暗くして、ペン・ライトで開いた本の文字に光を当てて、読みあげたんだけど、まあ、朗読は、多分、そう下手ではないと思う、日頃の滑舌は良くないが、ああいう時は又、別で。

ところが、全然朗読になんなかったんだなコレが。抑揚が基本的につけられない。何故かってえと、コレ、やってみて気がついたんだけども、ペン・ライトは確かに暗い中、読まんとする字はクッキリと目に入る。だけども、飽くまでも、その、ふたつ、みっつの文字がクッキリと目に入るだけなんだよ。で、その解つた事ってのは、朗読って、何もその時に声を出さなきゃなんない文字とか言葉だけでなく、部分だけ視線を集中しているようでいて、実はその時に読み上げてる文章だけでなく、その後や、前後、左右の行を、無意識の内に俯瞰していて、その周り全部を見捉えた上で、初めて、声に出して、その部分を生かせるんだ、と知ったね。ペン・ライトでソコだけクッキリ目に入っても、全体を同時に捉えてないと、抑揚も何もなく、写った文字を棒読みするだけで、言葉を生かす事なんて出来ないワケですよ。

結局、この時ばかりは、「ハイ、これ迄」って途中で止めたけどね、コレは何も朗読だけに限った事じゃあないのは改めて断るまでもないでしょうネっと。

ところで、急に何んの話をって、話題かわってね、05年の7月6日に、双児の次男、三男が産まれたんだけども、女房の子宮頸ってのか、とにかく、双児を持たせるためには緩くって、いつ破水するか解らない、とにかく37週迄待てば、未熟児でも、身体は出来上がってるから、その37週目指して、子宮頸を締める点滴を打ちながらの入院生活が、約2ヶ月続くんだけども、名前は、その前から、とにかく上は真実の真をとって、真嬉。下は真実の実をとって、実嬉と決めていたんだけども、この名前自体、命名に至る背景に「因果鉄道」走ってて、そりゃあまた別の機会にするけども、とにかく先に産まれた方が真嬉、後が実嬉と決めていたワケです。

で、ＣＫＢの剣さんが何かと心配してくれてね、それで、また点滴外す37週が、7月6日で、剣さんの誕生日が7月6日で、こりゃあ同じ日に成るとイイネ！　と思うワケですよ。でも、点滴外して、陣痛が起きて、ちょうど6日に産まれるとは限らない。

でまあ、女房が帝王切開するって云うんで夫婦間で一悶着あってね。

「外して促進剤射ってもすぐ陣痛が始まるケースは極く稀で、結局は苦しんだあげく2度手間で、帝王切開になるケースが殆どだから、切る」って云い張るワケです。

で、とにかく、まあこの辺、男の身勝手だけど、しかも剣さんと同じ誕生日になればと願いつつも、帝王切開じゃ、ソレが叶っても「ズル」じゃんと反対してね、まあ、ソコまで云わなかったけど「自然分娩」がイイって。

そしたら、女房から連絡があって、帝王切開に、もう決めて手続きしたからってんだな。

ああ……剣さんと同じ誕生日でなく、その前日か、と思いつつ、でも帝王切開じゃあ、成っても何んか、スッキリしないしなぁ、と思ったら、執刀医の公休日が5日だってんだ。だからその関係で翌、6日に切開する、つまり**6日が誕生日になる**って聴いて、プッと吹き出し、「やってくれるな、なら、ＯＫだろう」って心の中で思ったよ。

と、云う話は、前置きで、肝心の話はこれからだ、「真嬉」と「実嬉」で、2人合わせて「真実」なワケだけど、さて、切開の時に、仕切りはあるけども、局部麻酔だから、女房は医者や看護婦達の会話を全部聴いちゃうワケだ。

で、**モニターでサイケな画像**を検診してた時は、「こっちの少し大きい方が先に産まれる」と思ってたんで、そっちを先に出すように様々処置をしてイザ、腹を切って中を眼の当たりにしたら、実際は先に産まれるだろうって方が、開いて見たら、位置的に後から産まれるのが解ったんだけど、でも、もう、そっちを先に取り上げるように準備してあるから、先に腹から出して、で、それがどうあれ順番先だから、真嬉になる。でえ、次に本来なら先に産まれる方が順序の入れ違いで実嬉に成ったのだな。

つまり、**本当は真嬉が実嬉で、実嬉が真嬉**なんだよ。

こりゃ、深い話だよ、正に「哲学」的でね、真実ってものの「真実」を示しているワケだよ、真実、真実って言うけど、実際は、「真」と「実」がサッと何喰わぬ素振りで入れ替わり……この云い方は妙だけども、とにかく、「真実」ってもんが、如何なるもんか、俺は俺なりに勝手に教わったね。

でも、そういうもんだ、と、大いに合点は行きましたよ。

とにかく「真実」とはそういうもんです！

で**「真実」が手品**なら、さっきは「幻のブルース」て云った覚えがあるけども、**「真理」は量子力学の世界**みたいなもんだよ、要するに。

♪あ～　追えば追うほど～　ってね。あの曲、量子力学の歌だよ。

●弥勒菩薩と書いて、ノロケイスケと読む。

——昔、「ドッキリ・カメラ」ってあったでしょう、テレビ番組で。

タレントを引っ掛けといて、絵に描いた様な、悪い暴力団に脅されたりとか、困惑してる所に、突然、野呂圭介がプラカード持って、「ハーイ、ドッキリ・カメラでーす」と云って、飛び込んで来て、冷や汗かいてるタレントをホッとさせるヤツ。

まあ、この手の企画は、バラエティ系の特番とかで、今も残ってるから、「ドッキリ・カメラ」見てない世代でも解るでしょう。

あの原一男監督が、**奥崎謙三先生の笑顔を「野呂圭介に似ている」**からって、ソコには何故か好感持ってんだよね。

しかし、大方の人は、何か大風呂敷広げて始めちゃって、後には退けなくなったり、又、長く生きると、色んなしがらみやら、因果のほつれや毛玉で身動きとんのに四苦八苦するもんでしょう。

だから、まあ、いちいち意識はしないけど、皆、心のどっかで、「ドッキリ・カメラでーす!」って野呂圭介が突然現れんのを待ってるみたいなところがあるんじゃないのかな。

「嘘も方便」ってのは俺個人は仏教の最高の教えだと思うけども、と云いつつ、仏教の本で読んだ覚えはハッキリしなくて、**「清水の次郎長伝」**で、大政だか小政が森の石松に、「嘘も方便」ってお釈迦様も云ってるだろって浪曲で聴いたのが最も明確な記憶なんだが、まあ、そりゃあともかく、一番の方便は、50億7千万年後に衆生を救済に来るっていう、弥勒菩薩の話……、話ってより、「噺」かもしれない。

だって、その頃には、日本も地球も、太陽もみんな、すでにないんだからさ。

でも、弥勒菩薩及び、その話が、何故「存在」するのかっていうと、出処は「ハーイ、ドッキリ・カメラでーす」の野呂圭介登場と、実は、同根なんじゃないか？

で、「嘘も方便」だけども、神とか宗教なんてのは人間が勝手に作ったもん……と俺はその立場をとるけども、何々教の「教」を、試しに「方便」に換えてみるといいよ。

ここ、日本だから、ソレ、OKよ。

大乗仏方便、小乗仏方便、キリスト方便、ユダヤ方便、イスラム方便、ヒンズー方便、オウム真理方便、とかね。あと、名前出すと、ほんの数年で本の耐用年数が低いっていうかそこから錆ついて、早目に古いもんになってくからちょいとためらうけれど、江原哲之のスピリチュアル方便とかヒーリング方便も、「今」はアリだろう。

すると、**何んか見えて来るもんがある**と俺は思うけど、どうかね。

しかし、イスラム教徒だって、中には心の広い人がいる、その信仰心において。バレンタインデーに、ある若い者が、どっか新宿の方の公園で、知り合いのイラン人に会ったら、「オマエ、カノジョイナイノカ?」って、イスラム教徒なのに、チョコくれたんだって。男から、男へ。別にホモじゃないけど、気持ちが嬉しい、イイ話だよな。

●いづれにせよ台風に巻き込まれるなら、避難するより目の中に進み、至って初めて見える世界がある

まぁ、そんな、こんな、バカげた事を偉そうに随分と喋って来ましたが、そろそろ、「講義」、いや、「講義録」か、まあ、この辺でおしまいにしますが、夜間中学、ヤカン中、やかん……。

ええ〜と、落語の「やかん」は、知ったか振りの噺ですから、と、最期に云っておきます。

——と、いふワケで、終わりにします、皆さん最後まで、有難う。では、また。

……尚、「やかん」は知ったか振りの噺だって結びましたが、もひとつ、付け加えると、俺は、その「やかん」って噺、実は未だ一回も聴いた事ありません。てえところで、「講義録」コレにておしまいです。改めて、どうも有難うございました。って思ったけど、ゴメン、最後に今、頭に浮かんだ話をあとひとつ。

公衆便所の壁に「らくがき」というより、こんな一文が記されていた、と思いねえ。
「おそ松くん」といえば六ツ子である。当初、作者は1ダース、つまり十二ツ子にしようと考えたという。しかし、12人も描くのはやっかいだ。それで半ダースに減らし六ツ子に成ったという。故に、おそ松、チョロ松、カラ松以下、六ツ子なる特異なキャラたちがやがて快活に独り歩きするに至る**その陰にはそれを支える6人の黒子たる、**もう1組の見えない六ツ子がいた——とあり、より詳しく知りたい者は０９０……と電話番号が記され、姓名とその下の（　）内に「当方アナルＯＫ」とあった。

それから、その公衆便所より３駅先の便所で、件のらくがきならぬまったく同内容の一文が書かれているのを見た、と。

しかし、先のものが「アナルＯＫ」とのひと言を締めとしていたが、こちらは次の加筆が走り書きといった体で添えられていた。

但し、ノーサックＮＧ！

……というのは作り話、冗談ともいいますが、でも、ヒトが想像した事は、たとえ荒唐無稽でも、知らない、解らないだけで、大方、どっかで現実として在るもんです。たとえ、気付く以前は存在していなくとも、**気付いた瞬間から、既にソレは存在していた**んです。そして、時に、否、往々にして、未来は元より、現在、そして過去にすら影響を及ぼす、と。だから、きっとこんな落書きをトイレのハシゴで見た人もいると思う。で、とりわけ冗談を裏切らないクニというのが、韓国でね。

例えば〝アリラン・プレスリー〟というエルビスの格好で夜のキャバレー回りをしている歌手が、絶対いるんだよ。でも歌うのは、ＥＬＶＩＳの曲じゃなくて、ポンチャックなんだけどね。

と云ってるそばから、ＥＶＩＳさんから電話です、今度、伏見（直樹）先生（※31）の雀荘「ＰＲＥＳＬＥＹ」にお連れする約束してたんだよ。ちょっと失礼。

「はい、もしもし……、エ？」

あとがき

高校生くらいの頃、よくある出来心で、〈岩波文庫の百冊〉を読破しようとした。無論、途中で投げ出したが。志賀直哉を「小説の神様」などと当時は呼んだが今は知らない。しかし、スタンダールやバルザックの与える苦痛とは全く逆に一度読み出すと、面白くて面白くて一気に読破した。だがしかし、驚く程にあれだけ夢中に読みながら、例えば代表作のひとつ『小僧の神様』の内容を問われても覚えていない。太宰治にしても然りである。

当時、あれ程耽読しながら、『人間失格』についてその内容を説明するにはあまりにも朧げな記憶しかない。太宰に至っては全集にまで手を出しながら、残っているのは「満願」とか「I CAN SPEAK」という実に取るに足らない（とされる）下らない短編が幾つかあるだけだ。

ちなみに「満願」というのは、病気で性生活をしばらく禁止されていた患者で人妻の女性が、ある日の診察後、「もうセックスしてもいいですよ」とお許しが出て、「ワーイ、ワーイ、キャッキャキャッキャッ」とばかり浮き浮きしながら家路に着くというそれだけの話である。

根本敬（幻の名盤解放同盟）

※船橋英雄氏による「はじめに」の文章は、「心機一転土工！　父ちゃんのやきいもがきこえる」（根本敬　著／2000年3月　青林工藝舎　刊）の帯文として寄せられたものです。
「船橋、転載事後報告でスマン」とこの場にて（根本）

※「手ゴキ」と濁点の付いたゲラを見て、「根本さん、違います、ここは手ゴキではなく、手コキでなければダメなんです」と重要ポイントを指摘して下さった〈部長〉に感謝します。この様な、自分自身のミスやウッカリを指摘される事、そのものが嬉しいという体験は、かつて、あの村崎百郎さんが、やはり私のゲラを見てこう云ったあの時を思い出す。
「根本さん、あのう、この、ここのアナルですが、そっちのアヌスは文脈上それでいいんですが、アナルは性行為の文脈上にあって初めて成り立つ言葉ですから、ここもアナルは不適切で、アヌスにした方が良いでしょう」

——という、その時以来だった。

〈部長〉ありがとうございます。

※あの「犬が飼いたい！」の冒頭のカトウさんと、タモリ倶楽部の僧侶ファション・ショーを見ながら「部長」の徳に思いをはせるカトウさんは似て非なる、実は年齢もひと回り以上違う別人です。しかし、両人とも大変な岡村靖幸ファンです！

脚注・図版・キャプション・解説／他

脚注

（※1）サム・テイラー（さむ・ていらー）
Sam Taylor、1916年-1990年。米国のサックス奏者。母国以上に日本で人気が高かった。ムード・ミュージックとして、日本の歌謡曲のアルバムをモードならぬムード奏法化したものを何枚も出している。

（※2）石川三四郎（いしかわ さんしろう）
1876年5月23日～1956年11月28日。アナキスト（無政府主義者）。自ら自給自足を念頭に畑を耕し、「原始回帰」を思想の実践と方向性に取り込んだ点が、幸徳秋水や大杉栄らと「ちょっと」から大きな違いを生み、結果、「水木さん」の心を掴んだのだろう。因みに、石川三四郎は「土民主義」と書いて「デモクラシー」とルビを振る、そんな人だった。

ところでタイトルの「虚無の霊光」にはクスグられるものがあり、最終的には、同盟のディープ・コリアツアーで「霊光」（ヨングァン）という地名だけで、全羅道にある、原発しかない辺ぴな街へ行った。何もない荒地に原発があって、マカロニウェスタンの撮影地が、廃墟になったみたいな、残骸みたいな数軒の店（兼住居）が並び、生気のない年寄りや、身体の不自由な子供がいて、あと野良犬がそこら中で交尾している、そんな印象の街がヨングァン（霊光）で、今にして思えば正に「虚無の霊光」だった。

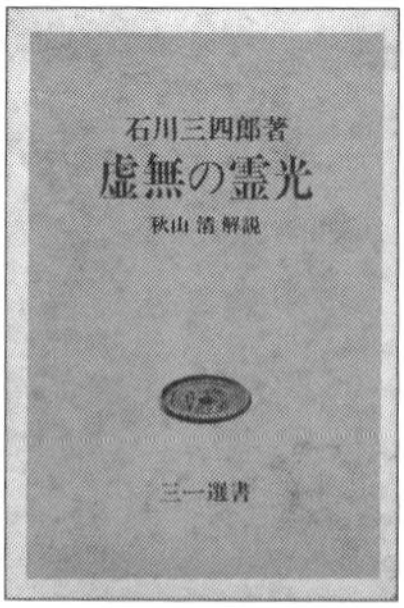

※写真はイメージです。

（※3）狂う人間（くるうにんげん）

「狂なるは進取なり」（『論語』子路篇より）。「論語」は持ってたり、読んだりはしたが、ここでのこの言葉は〝孫引き〟で、たまたま手に取った呉智英先生の名著「危険な思想家」のパッと開いたページにあり、思わず目が釘付けになった。

（※4）〝豊漫〟ビデオ（ほうまんびでお）

フケ専・デブ専マニアの間で非常に定評のある雑誌・ビデオの優良レーベル。

「豊満」ではなく「豊漫」と表記。

（※5）「電氣菩薩」（でんきぼさつ）

『電氣菩薩』——豚小屋発犬小屋行き（※6）の因果宇宙オデッセイ——（上巻／読み物）。

根本敬著／径書房／四六版544頁／発行年月日・2002年1月15日。

『因果鉄道の旅』『人生解毒波止場』に連なる因果者探究3冊目の書だが、内容やその作りは『因果鉄道の旅』の続きといったもの。根本の漫画が先か、現実に存在するこの人達が先か？

卵とニワトリではないが、まるでそんな感覚にとらわれる興味深い人々との妄想的肉体的妄想関係的肉体関係が、事実に基づき綴られた、豚小屋発犬小屋行きの因果宇宙オデッセイ。現在、諸——川西——事情（り盛コンテ情事いしカバカバ他のそ、りたいのお元版、れさ水引田我の意得に題問別差族民かに間のついが　！だずはいならいかんなムゴらなき好に当本、ろことたい書と　！KOでまラェフ・ムゴらなんさ西川↑↑↑）から、版元販売自主規制。でも、鯨も行くとこへ行けば食べられる、様に……。

（※6）豚小屋発犬小屋行き（ぶたごやはついぬごやいき）

幻の根本敬初期作品集（1981-84）のタイトルだが、そのネーミングの由来は「ガロ」の92年1月号の根本敬インタビューに詳しい（「因果鉄道の旅」（ワニの本）302ページ、「電波系」（太田出版）73～74ページに再録）。「まあ宇宙とか世界とかいうものはたくさんあるんですけどね。それこそ人の数だけ、で、僕の視線で見える世界というのは右側に豚小屋があって、左側に犬小屋があって、その間なんですよ。その間の世界、そういう所を観察して僕は書いている訳ですよ。とにかく豚小屋と犬小屋があって、みんなその間を気付かないで無自覚に行ったり来たりしてるだけなんですよ実は。」その後深化を重ねて景観は複雑になった。しかし根本にあるものは無論変わっていない。

（根本）

（※7）勝新（かつしん）

勝新太郎（かつ しんたろう）。1931年11月29日～1997年6月21日 元祖「座頭市」の俳優。歌手活動もしていた。本名：奥村利夫（おくむら としお）、通称：かつしん。長唄三味線の杵屋勝東治の次男。東京市深川区（現・東京都江東区深川）出身（誕生は千葉市）。妻は二代目中村鴈治郎の長女で同じ大映の女優・中村玉緒。兄は若山富三郎。俳優の鴈龍太郎は長男である。

勝新…ハワイで逮捕された勝・元社長（この云い方もナンだ!?）「もうパンツは履かない」

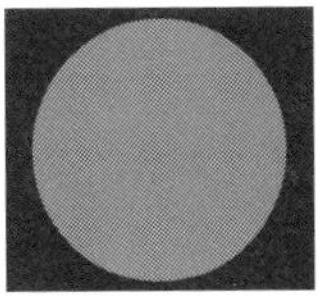

クレイジーケン・バンド…アクシデント！／思わぬ出来事に／もし撒き込まれても／人を笑わせる男になりたい／人を泣かせて生きて来たから（CKB「男の滑走路」横山剣・作詞・作曲 より）
この2005年7月6日発売「Soul Punch（魂拳）」と新譜「ZERO」の間に、2007年夏発売の「SOUL電波」があり、それを手にした時、丁度電話が鳴り、出ると、間違い電話だったのだが、「ラーメン魂さんですか？」と云われた。「ナカナカヤルナ」と何者かに思った。

（※8）湯浅学（ゆあさ まなぶ）

1957年神奈川県生まれ。音楽評論家。幻の名盤解放同盟（※9）常務。著書に『音海』『音山』『嗚呼、名盤』など。『サン・ラー伝』レジデンツの『踊る目玉に見る目玉』の監修も手掛ける。バンド「湯浅湾」のリーダーとして音楽活動も。湯浅湾のセカンドアルバムが09年4月に発売。タイトルは未定。同盟の手による『解放歌集』以外にも、選曲を担当したコンピレーションも多数。

「音楽評論界の〝国選弁護人〟」の名を欲しいままにする男。
しかし欲しいまったって……。（根本談）

（※9）幻の名盤解放同盟（まぼろしのめいばんかいほうどうめい）

1982年、根本敬と、音楽評論家・湯浅学、フリーライター・船橋英雄の3人により結成。結成間もない「廃盤水平社」の頃、湯浅の先輩で3名を引き合わせた、当時のタウン誌「浜っ子」の編集長、渡辺光次氏に「自衛隊員にサンリオの詩集を愛読する者は多い」「硬い煎餅を齧る前歯の強さは人生の苦渋に耐えた男の意地だ」など、数々のオルグを受け、今に至る活動の原則となる。

91年より商業的に成功せず埋もれていった、所謂ディープな歌謡曲を発掘し『解放歌集』の名の下に復刻を続け、「昭和歌謡ブーム」の火付け役を務めるが、その事は実は知られていない。「我々の名前も名前でナンだが、どーも評論する側が、ソコで構えちゃったりして、とにかく皆、マジメなんだよな。そのマジメが結局、どれだけ面白いもんの足引っ張ってるか……。皆、もっとフマジメをマジメに考えた方が良いと思うよ。例えば、帯文なんて見世物小屋の口上だからね。」（根本談）

87年に刊行された韓国紀行的指南書『ディープ・コリア』（ナユタ出版）は、当時反日運動に怯み硬直した韓国観に対し「バス乗るとスルメとキン玉くせえ」とか、「日本が負けて、激怒した朝鮮人だって沢山いる」「日帝36年……ところで今度、日本へ行く、安いホテルないか？」――等等、皆が思ってもあえて見て見ぬふりをしていたコトなどを当然のように書き、風穴を開けるほどの衝撃を与えた。「でも、その行く先はヨン様の『嫌韓流』だろ？　ケッ、しょせん日本と韓国は〝豚小屋発犬小屋行き〟なんだよ、下らねぇ、どっちも」（根本談）

また、コリアン・ロックの紹介や、韓国労働者階級の間で親しまれながら、一般的にはキワモノとされていたカセットテープ《ポンチャック・ディスコ》に音楽的評価を与え、同ポンチャックの代表歌手イ・パクサを日本で成功させる橋渡しを行い、逆輸入的にイ・パクサは韓国のクラブ・シーンで流行の先端を行く、主にノーザン・ソウル（SeOUL）中心部の若者達のアイドルとなった。

「総ての音盤はすべからくターンテーブル上（CDプレーヤー内）で平等に再生表現される権利を有する」という同盟のスローガンは、幾多の困難をも乗り越え現在も死守され、その活動は今年で27年を迎える。

近刊に「ベスト・オブ・ダイアリー」ともいうべき、共著『同盟日記（1982-2009）マヌケ美』（東京キララ社発行・河出書房新社発売）を予定。

「2人に、子安の倉庫代ずっと借りてて、スライの『暴動』じゃないが、一人三役で大モトのヤツつくってあと2人に加筆して貰う。カバーとかはもう出来てんだよ」（根本談）

手乗り平やん

坂上弘／交通事故
そして卒業

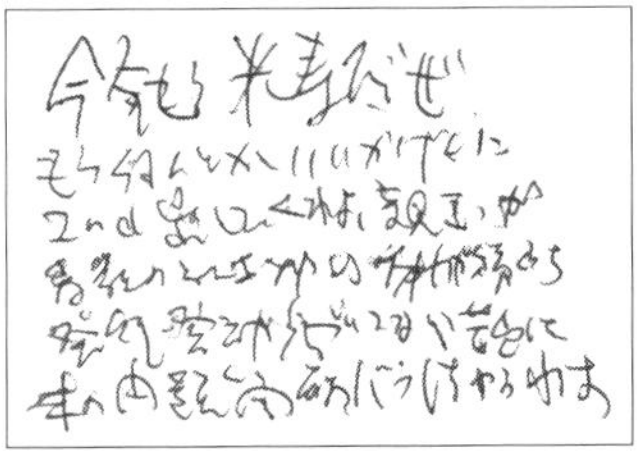

とにかく早く2nd アルバムを！
聴きたい♥

（※10）**アップリンク・ファクトリー（あっぷりんく・ふぁくとりー）**

シン・ジュンヒョン先生《ソンセン》ニムが70歳の〝第1回〟「引退」公演を。そのDVDの見せ場が、ラスト3曲を控え長男テチョル氏、次男ユンチョル氏と2人のギタリストと、ドラマーの三男ソクチョル氏が登場し、シン先生ニムは何とベースに持ち替え、82年キム・ドンファンの主唱で録音された韓国初のヘヴィメタル（但し、エンジニアが演歌の人）、その名も『ネガソン　ウィソン／俺が打ち上げた衛星』を息子3人を従え、自らベースをベンベン鳴らしながら熱唱。この曲が出た、82年は約10年当時の政権から表立った活動を制限されていた時で、そんな状況下『音楽力』（Music Power）名義でぶっ放したのがこの『俺が打ち上げた衛星』だった。

さて〈アップリンク〉とはそもそも、同曲に因めば、正に「俺が打ち上げた衛星――から情報を配信する」事を表し、〈ダウンリンク〉はその配信を受ける状態を意味するそうだ。そう考えながら、このステージで息子達にサポートされ4半世紀前「俺のアップリンク」から「俺がダウンリンク」するシン先生ニムの心中は如何なる感慨があったか。3人の息子はCKBでもお馴染み「ミイン（美人）」をソツなく務め、退場。バックは元のバンドになり、ラストの「冬の

シン・ジュンヒョン／音楽力2nd

旅人」では、再びギターを手にしたシン・ジュンヒョン先生ニムに突然ジミ・ヘンドリクスがのりうつり炸裂して去り、其風画伯（白）の「アッサリした画の様に」幕を閉じた。

尚、参考までに（有）アップリンクの会社概要に記載されている「社名の由来」（及びロゴについて）以下転載しておきます。

UPLINK

ダウンリンク

＊＊＊＊＊＊＊＊＊＊

「UPLINKの意味は衛星と地上基地の通信を指します。地上基地から衛星へ電波を飛ば

す事をUPLINK。衛星から地上基地へ電波を飛ばす事をDOWNLINKといいます。ロゴの×印は、単純なまっすぐの×ではなく、忍者の巻き物、車のサスペンション、パン生地を延ばすローラーのような形をしています。X自体には未知の意味が有り、『遊星からの物体X』『マルコムX』のように使われています。映画のレイティングでXといえばポルノを指し、親しい人に書く手紙の最後のXはキスの意味もあります。

ロゴデザインはアップリンクの映画ポスターのデザインを多く手掛けている「It Is Design」の伊丹友広氏が行いました」

＊ ＊ ＊ ＊ ＊ ＊ ＊ ＊ ＊ ＊

（※11）〝もっとお友達〟（もっとおともだち）

蛭子さんと久しぶりに、映画「歌謡曲だよ、人生は」の情宣としての歌謡ショーで会った。ミスター・ぴんから、宮史郎先生と蛭子さんがステージでグラサンかけてのツーショットは、根本手持ちの携帯写メールの画素数のレベルの低さもあり、不鮮明な上にブレているのが、あたかも「ぴんから・ラリーズ」といった趣もあり良かった。ところで、蛭子さんにとっての俺の「肩書き」が分かった。帝国ホテルでの2次会（前のお席に、宮史郎先生！）にて、芸能人・蛭子さんの新しい付人？　とマネージャーを紹介されたのだが、その時の云い草がこうだ。

「ああ、コレ、ネモトサン……。何ンかオレの事ば、面白おかしく本に書いて食べてるヒト」。

ああ、最早俺の事を「オイより弱か生き物」とはいえ一応哺乳類の仲間ぐらいには入ってたのが、小判鮫、魚類である。今やそのくらいに認識してんだなあと感じ、嬉しくなりました。因にその「根本の喰いブチ」だという、「オレの事ば面白おかしく書いてる」本、たとえ送ったところで、大抵そのまま開封もせず放置し、そのまま読まれる事はなく、仮に開封して、パラパラっと頁を捲り目を通したとしても、頭の中はハナから「どーせ変な事ば書いちょる」と決めつけてるので「……」という、とにかく「……」が10~20秒続いて終わりである。

しかし、さすが、エビースならではの良い「肩書き」とともに、「紹介のしかた」としても俺の琴線というか臍下三寸に、毎度ながらグッと来る。十分解っておりながら、結局いつもヤラレッぱなしなのである。

ところで今、フと、20年前、蛭子さんが俺の友人で同盟員でもある船橋英雄を誰か(確か、ダスキン時代からの友達かなんかだったと思う)に紹介した時の事を思い出した。

まず「コチラ、フナバシさん。根本さんの友達」といって、相手と船橋が挨拶を交わそうとしかけるや、蛭子さんが間髪置かず、「……俺とも少し友達」と言ったのであった。

「少し友達……」この時、プッと吹き出しつつも「ヤラレタ!」と思ったが、「沢山友達」だったら、何だか終身刑の宣告の様でもあるなと、一瞬脳裏を掠めたのだが、20年経った今、それは実際そのようなもんだったと確信している。

＊余談1＊　菅野修さんと蛭子さんが対談された時、「人(お友達)は30年に一度くらい会えばいいんですよ」と意気投合していて、さすがだと両人を思った。その菅野さんが昨年青山

のビリケン・ギャラリーで個展を開いた時に伺ったら、俺の顔（常に体調の悪そうな、死人にリーチかかった人相）をしげしげと見て、菅野さんがかの様におっしゃった。

「根本さんは身体の方はあと30年は大丈夫ですね。だから事故に注意して下さい」

――蛭子さんが組の親分なら、菅野さんは代貸の様な存在である。よって、俺にとってその言葉は「これからも親分のいいつけを守れよ、でないと……」と終身刑を宣告された気分だった。

因みに、前述した通り、身体の悪そうな顔をしている俺は、よく、本当に実によく人と会った時に体調を心配されるが、それはもう、10才の頃から「どこか身体が悪そうだ」と言われ、確かに喘息ではあったが、それも10代後半には完治している。だが、とにかくそう言われつづけかれこれ40年になる。しかし、「身体は大丈夫です」と俺の顔を見てそう言ったのは、菅野さんが初めてなのだった。
＊余談２＊　塩竈の長井勝一記念館で蛭子さんの個展でのトークショーのゲストに本人の指名でお呼びがかかった。俺はスケジュール表を見ず、即、了承した。それが、どうやら「けっこう多めの友達」らしい俺自身の中での蛭子さんと付き合う上での決め事なのである。

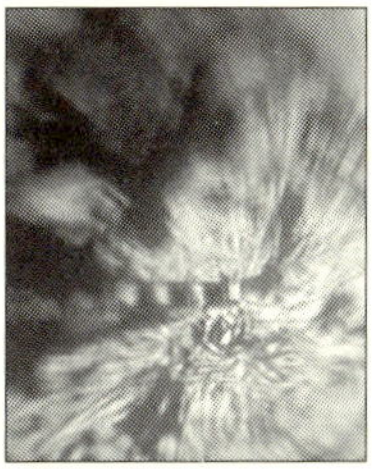
本物のラリーズ

ぴんから・ラリーズ

＊余談３＊　「歌謡曲だよ、人生は」の中で蛭子さんの「いとしのマックス」が俺の知る中で一番評判が良い。

（※12）清酒の方の「電氣菩薩」（せいしゅのほうのでんきぼさつ）

問い合わせ先・喜久盛酒造（〒024-0103　岩手県北上市更木3-54／TEL／FAX 0197-66-2625／HP: http://kikuzakari.jp/）。

現行の第1弾は「ぎんおとめ」を酒米に製造し、ラベルは根本敬文字植地毅デザイン。控える第2弾は酒米・「亀の尾」！　にて製造、ラベルは文字、亀一郎（風俗一回分のギャラを手に道端でサラサラと）、デザイン・宇川直宏で、ワンカップの体裁にて発売。

口元がビリビリと痺れるかのような美味しいお酒

（※13）文殊の知恵熱（もんじゅのちえねつ）

音楽家・とうじ魔とうじ、美術家・松本秋則、舞踏家・村田青朔の3人によるパフォーマンス・ユニット。一見、とうじ魔とうじが音楽担当、松本秋則が美術担当、そして村田青朔が踊るのだと思われがちだが、そうではない。それぞれのジャンルを侵食しあい、超越する舞台作りに挑戦している。例えば肉体を動かすことによって音が鳴る、楽器自体が舞台美術になる、オブジェが演じるといった様々な仕掛けや発想で、今まで味わったことのない五感、六感で感じる〈面白さ〉を体験できるのである！（公式HPより）

（※14）相原（信洋）さん（あいはら のぶひろ）

１９４４年10月 神奈川県伊勢原市生まれ。65年にスタジオ・ゼロに入社し会社でのアニメーション制作の傍ら、自主制作を始める。同社を退社後、半年ほど渡欧。スウェーデンにて「ＳＴＯＮＥ」制作。現在、京都美術短期大学助教授。

パンクな精神性を秘めたエロ話の達人であり、同時にエロ話そのものがいちいち深遠にして哲学的である稀有な怪人。教わるところは実に多い、我が心の師」（根本談）

（※15）奥崎謙三先生（おくざき けんぞう）
１９２０年２月１日～ ２００５年６月16日。元日本軍兵士（独立工兵第36連隊所属、階級は上等兵）、バッテリー商、著述家、自称・神軍平等兵、自称・非国民、反天皇活動家、Ｇ．Ｗ．Ｃ．Ａ（ゴッドワールドをつくる会）※万人を一様に生かす。昭和天皇パチンコ狙撃事件、皇室ポルノビラ事件といった過激な反天皇活動や、奥崎を追った映画『ゆきゆきて、神軍』（監督・原一男）他で知られる。

（※16）ＨＡＩ ＴＡＩと書いてヘテと読みＰＡＩＫと書いてペクと読む。読んで貰おうとする（ＨＡＩ ＴＡＩとかいてへてとよみＰＡＩＫとかいてぺくとよむ。よんでもらおうとする）

ハングル文字は、第４国王の世宗が、集賢殿内の新進の学者らに命じて作らせたもので、それを誇る民族意識が国際化に難を呼ぶ。――民族の誇りが、ローマ字化する際にいちいち分解（それも任意で）ㅏがＡ、ㅣがＩ、ＨならＥと読めるところをＡＩと表記し、結果、国際的にはＨＥＴＥ〈ヘテ〉はＨＡＩＴＡＩ〈ハイタイ〉と呼ばれ、国内では通じず、というマヌケなハメになることもしばしば。因みに、崔——チェさんはいてもチョイ——CHOIさんはいないし、また現代〝ヒョンデ〟グループはあっても、HYUN DAI——ヒュンダイ・グループは自国にはないですからね。

（※17）篝一光さん（かがり いっこう）

東京生まれ。夜の吹き溜まりをこよなく愛し、フラメンコ・ギタリストを経て青果業の傍ら、カボチャをカメラに持ちかえ、路地裏からおよそ40年間にわたり人間、とりわけ男女の間におけるありのままの姿を時代と共に記録してきた。

その観察力、行動力から生み出されたスクープ写真は数知れず、刺殺事件現場、痴漢の瞬間、公園で逢瀬をいそしむカップルの痴態、線路に飛び込んだ人間の最期の時、白昼、新宿御苑でペッティングするカップルを見ながら仕事の合間に堂々とセンズリをかくイラン人など、……そのカメラにおさめられた決定的瞬間は枚挙にいとまが無い。「現代の伊能忠敬」を自称する。

（※18）吉田佐吉（よしだ さきち）

独善的で暴力的な要素を象徴する、根本マンガの代表的キャラ。

尚、「ハンバーグって栄養あるう?」のセリフ、その由来だが、30年程前、おとなしい夫婦がつつましく営業していた、学生や若いサラリーマンを相手にした定食屋があった。

安く、旨く、清潔で良心的な店だった。俺はちょくちょくその店を利用していた。

そこへ、ある日、フラリと場違いな、飯のかわりにアルコールで生きてる様な親父が現れ、定食屋だが、一応メニューの端にある酒とビールを注文。以降、毎日その店のカウンターに腰掛け、酒ばかり注文し、オマケに、狭い厨房をひとりで慌ただしく動きまわる、気の弱い口下手なマスターに、一方的に話しかけ、調理の邪魔を、いちいちした。

　そんなある日、いつもの様に7時台、一番混む時間帯に現れ、いつもの酒を注文した親父が、誰かに注意でもされたのか、問わず語りでまずこう云った。

「あー、酒ばっか飲んでないで、少しはコケイブツ食べないとダメってっからなァ……」

　そして壁面の定食メニュー一覧を眺め、熱燗を運んで来た奥さんに、〈ハンバーグ定食〉の文字を指差して出た言葉が、「ハンバーグって栄養あるう?」だった。

　もの静かな奥さんは、「え、ああ、ありますよ」と答えた。

俺はその言葉を聞き逃さず、深く脳裏に刻み込んだ。

　それからしばらくして、繁盛しているように見えたが、何の因果かその店は突然、閉店した。

嵐を呼ぶ負けず嫌い（亀ノ頭のスープより）

（※19）平やん（へいやん）

ガロ・ビデオ「さむくないかい」で、亀一郎と共に主演を務める。

「さむくないかい」……

聖書の言葉みたいなもの。削除する奴は削除する。が、人間誰もが、うしろめたい。そこを省みて、受け入れ、「でも、やるんだよ！」

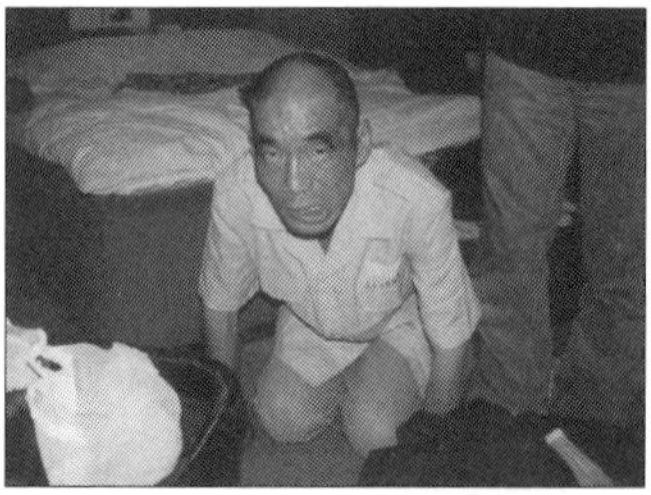

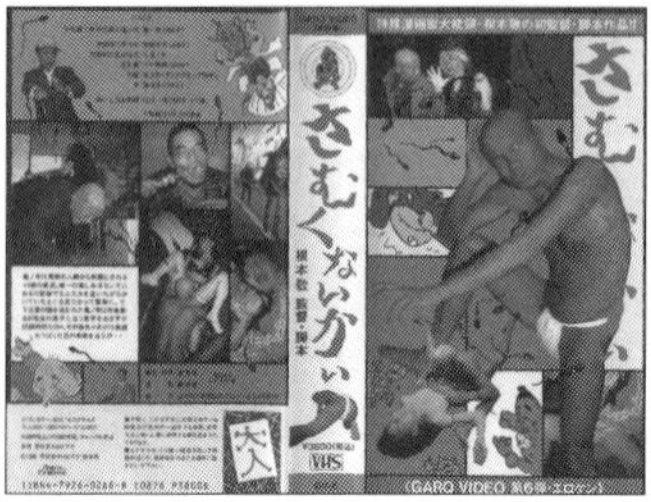

「How Does It Feel?」
それが「さむくないかい？」の適訳也。

（※20）藤本卓也先生（ふじもと たくや）

1940年、宮崎県出身。5歳まで満州で育つ。10代後半ELVISに感化され、上京し、JUKU（新宿）で暴れながら、ロカビリー歌手を志しデビュー。

後に矢吹健「あなたのブルース」の作詞作曲編曲を担当し、同曲は68年・日本レコード大賞新人賞に輝いた。

常に新しいものを求める、正に「狂なるは進取」（『論語』子路篇）を地で行くその姿勢は、安定指向の日本国歌謡界と折り合わず、徐々に絶頂期のまま凍結され、70年代中盤より、第一線から追いやられたが、こうした姿勢に日本社会の抱えるあらゆる病巣、その源がある。しかし、今日も藤本卓也は虎視眈々と歌謡界を睥睨し、牙を研ぐ、「負けるもんか」と。

96年に自らバック・トラックまで製作し、歌ったソロ・アルバム『相棒』（2人の刑事などが活躍するコンセプト・アルバム）は、現在人気の同名ドラマに何らかの影響を及ぼしているとは邪推だろうか？

尚、キュレーター東谷隆司氏が、当時の彼女の車（父上が本来所有）に乗ると、そこに発売後間もない、「相棒」のCDを見つけ、思わず「どうしたの、コレ⁉」と訊ねると、当時の彼女は「お父さんがいつも一緒にふたりでサウナへ行く友達から、『これをお前に』ってプレゼントされたんだって」とのこたえが。

「先生！　こうして知らぬ所であの名盤、お役に立っているようです‼」（根本談）

又、その昔、「ミュージック・マガジン」91年11月号の「裸のラリーズ」40余年の活動や、たった一度の公式インタビュー、通称、「ファックス・ランデブー」後、そして「相棒」が発売される前後、初めて湯浅学が、「裸のラリーズ」メンバーの水谷（孝）さんと都内の喫茶店で顔を合わせた際、ひょんなところから、水谷さんより「ところで、アナタの仲間の、トクシユマンガカとかいう……」と、言及され、湯浅が、同じ同盟員としての関係を説明すると、水谷さんの口からこうひと言。

「……じゃあ『相棒』だね」という、ちょっとイイ話もある。

藤本卓也「相棒」96年現在でも入手可能。在庫ありませんと言われても、ひつこくネバれ！
P-VINE：03-5770-5001

尚、根本はお会いするたびに「もう心は改めただろうな？　イイ加減にもうあんな漫画はやめて、アンパンマンみたいなヤツを描いて、子供に夢を与えろ！」と説教をされるのを常とするが、その説教もまた嬉しい。

（※21）ガモウ・ユウ……ジ君てファンの人からよく励ましの便りを貰ってた（がもう・ゆう……じくんてふぁんのひとからよくはげましのたよりをもらってた）

ファンからの励ましのお便りはありがたいものです。しかし今から10年程前、村崎百郎氏との共著「電波系」を出してから、次の様なファンレターも増えた。

所謂広義の〝電波系〟である。

「いつも、著作、楽しく読ませて頂いております。さて、落合中日優勝、ホッとしました。いきなり不躾な質問でありますが、お分かりになる範囲で構いませんのでご教示願いたいことがあります。

まず、スナックやラーメン屋のオーナーが変わっても、店の看板や名前、店内もまた然り、以前と同じように営業している店はよくあります。同様に、ユダヤの陰謀とか、フリーメーソンとかよく耳にしますが、先日、図書館で読んだ本によるとユダヤ人というのは、DNA的には固有の民族ではないそうですね。しかし世界の到るところ、重要な立ち位置に彼らがありますが、ラーメン店同様に、ユダヤ人や、場合によってはフリーメーソン（エセ、即ちパチもの可です、そんなに吹っかけられなければ。当方、父の残した田畑を売り払えば、現住居周辺が宅地造成中なので3～4千万はどうにかなりますが足りますかね？）を売買している組織などご存知ありませんでしょうか」

――これは難問だ。しかし、この歳になると、返事は書かないものの、ついつい返事を出してしまう事もある。

では、お答えしましょう。

釜ヶ崎、寿町、そして山谷が現存する日本の3大ドヤ（宿）街ですが、この不況下、かつて、世の中からはぐれた、日雇い労働者の簡易宿泊所であったドヤですが、今、室内を改造し（見せかけ程度）、フツウのサラリーマンの出張先での宿泊所として盛んに、非・日雇い労働者の客層を取り込もうと、どこも必死なようです（ちなみに一泊2千円前後で、2畳ほどの部屋でテレビとレイゾーコ付き）。

その先駆けとなったのが、釜ヶ崎の「ホテル・エスカルゴ」というドヤで、ここはサラリーマンは無論、女性客専用フロアも設けたり、更にいち早く外国人を受け入れ、行けば様々な人種に出会えます。

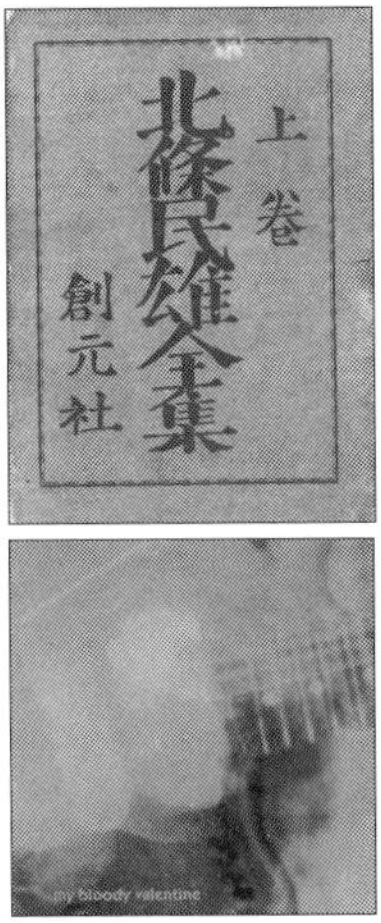

MyBloodyValentineLoveless 北條民雄全集上巻いのちの初夜収録

街頭でアクセサリーを売っているのは大方イスラエルから来た人達なので、本当に情報が欲しければ、釜ヶ崎へ飛び、「ホテル・エスカルゴ」に宿泊し、イスラエル人と仲良くなり、何らかの情報を頼りに、盗品からゴミから何んでも商品として並ぶガード下の朝市で物色してみたらどうでしょう。まずは「手付け因（果）」。これをペイせぬ事には何も始まりません。

――以上の如く、桐生市在住？　と思われる読者のお便りに答えた翌日の事であった。

錦糸町のダイソーで買い物をした帰り、路上で丈の短いズボンを履いた初老の紳士が大きな声で、そういった能力があるらしく、見えない人と顔を突き合わせ、聞こえない声を聞き、激しく口論していた。

それによると、フリーメーソンはやはり世界をあやつり、童話の世界も当然フリーメーソンの傘下にあり、「きかんしゃやえもん」はじめ、必ずフリーメーソン側に都合良く洗脳されるような仕掛けがなされ、故人となった作者は元より現在阿川佐和子は日本を代表するフリーメーソンの広告塔でもあるという。故に彼女の発言には注意を払おう。

しかし今は、日本の景気は良くないので、フリーメーソンに入るより、新興宗教に入る……のではなく、宗教を自分でやった方が儲かるとの話であった。しかし、ここで性愛に関し聞き捨てならぬ話を耳にしてしまったので是非皆さんにお伝えしておく。

∨韻任呂覆い猗靴・∨佑・討咾・韻機
凾屬◆次廚箸・屬Α次廚箸・世辰討
泙靴燭・蕁・燭・鏐・辰討呂い襪茲Δ
任后・・粱・劼両屬箸泙辰燭・、鵑覆
犬任垢・・箸い∧法次ΕΕ瓦ぅ蕁爾爾
箸・▲献碘Ε・離譽鴇哀機鮫犬任
燭爭弔箸・遒蠅泙靴燭燭里如∈Ε

その時の「2人の会話」から漏れた重要なる秘密事項をあるところにアクセスすると右図の様な暗号が現れ、それによると、エイズはフリーメーソンがやはり開発したウイルスで、これに感染し、予防なり、治療なりすると、死のうが生き残ろうが、その間かかる医療費の50％がフリーメーソンの手に渡る仕組みが既に確立されているという。そう右の暗号に記されているそうだ。

さて、エイズ検査自体もそうなると受けるか否か、それすらも世界とフリーメーソンと自分の関係からまずは考えてみる必要があるかもしれない。

世の中とは実に恐ろしいところである。

（※22）遠藤賢司《エンケン》「輪島の瞳」

「そのちょっとが世界を動かしている」と叫ぶ「輪島の瞳」はどちらかといえば通好み。エンケンさんといえば、「三島由紀夫」が割腹している時など、動乱の時間が流れる中で作った、名曲「カレーライス」が一般的に有名だが、そのカレーライス。

日本人の殆どがカレーライスとラーメンには思い入れがあるものだが、自分には今迄特になかった。だが丁度1年前、インフルエンザにかかり固形物を食べられなくなった時、神保町の某カレー屋にたまたま入ったら喉を通り、それ以来、この1年間殆ど毎日必ずカレーを食べている。カレーはウコンからつくるそうだが、毎日カレーを食べ続けているからか、便座に座している時などにふと仄かにカレー臭が漂う気がする時があるのだが、ウコンのせいか加齢のせいかは定かではない。

尚、近年食べて最も旨かったのは、昭和43年「ライフル魔」として世間を驚愕させた、あの金嬉老氏が、釜山を訪れた際につくってくれたハウスバーモントカレーである。ルーも食材も現代のものだが、その味は正に、事件のあった

「輪島の瞳」収録の２枚組

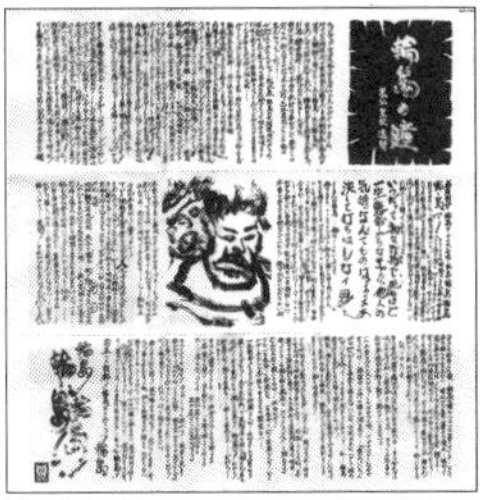
思いっきり気合いの入ったエンケンさん手描きの〝歌詞カード〟炸裂！(≧O≦)/

※輪島の瞳はＤＶＤ「純音楽」でも体験できます。

昭和43年当時の一般家庭の「カレー」の味がしたのだった。

エンケンさんに是非一度、〝釜山土産〟としてお届けしたいと思っている。

（※23）川西（杏）先生（カワニシ・キョウ／チョンソヘン）

幾多の「悪いエロ（※24）」や、巨額の横領（25年で2円50銭を3人で山分け）他で現在、同盟は現在10数度目の勘当をされている、放蕩息子ならば、川西杏（在日朝鮮・韓国人2世・シンガーソングライターほか）は永遠に超えようのない偉大な父である。

しかしその偉大さは、J-POPを一網打尽にする最終兵器ながら、もはや人類のスタンダードをあらゆる点で超越するあまり、大気圏の外へ飛び出し、常人には理解不能な正に宇宙的な領域へ。それゆえ、既に永遠である。

（※24）悪いエロ（わるいえろ）

近所（ダッシュすれば30秒）のコンビニが先日突然閉店し、結構困っている。

そこは近さもさることながら、コピー機

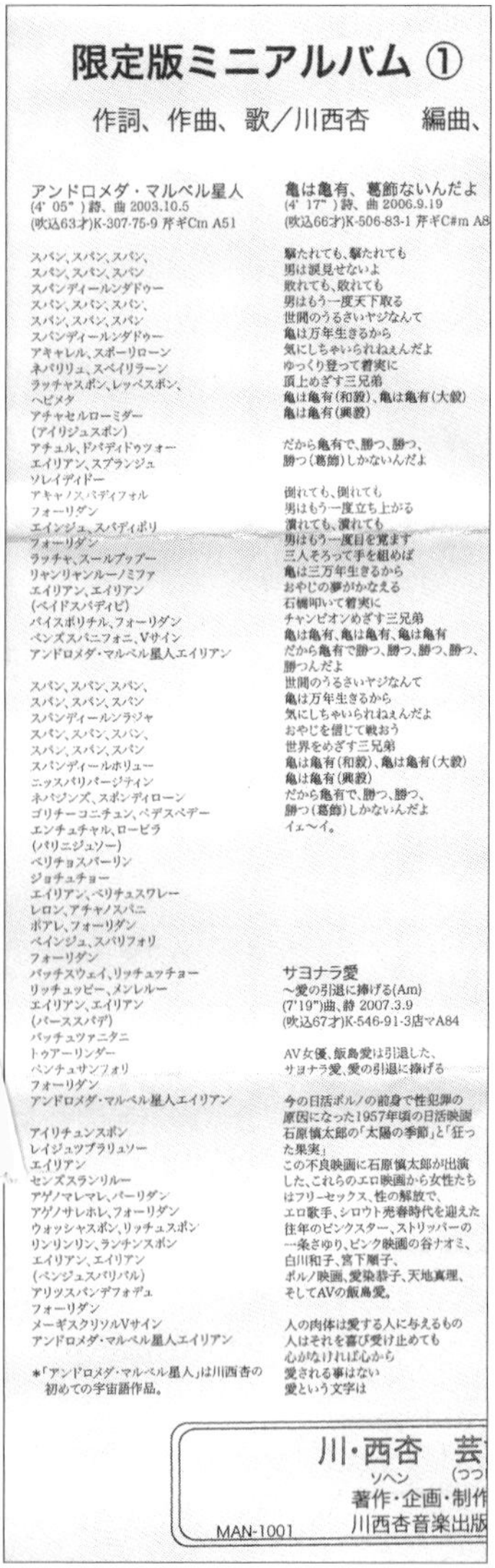

限定版ミニアルバム ①

作詞、作曲、歌／川西杏　　編曲、

アンドロメダ・マルベル星人
(4' 05")詩、曲 2003.10.5
(吹込63才)K-307-75-9 芹ギCm A51

スパン、スパン、スパン、
スパン、スパン、スパン
スパンディールンダドゥー
スパン、スパン、スパン、
スパン、スパン、スパン
スパンディールンダドゥー
アキャレル、スポーリローン
ネパリリュ、スペイリラーン
ラッチャスポン、レッペスポン、
ヘピメタ
アチャセルローミダー
(アイリジュスポン)
アチュル、ドパディドゥツォー
エイリアン、スプランジュ
ソレイディドー
アキャノスパディフォル
フォーリダン
エインジュ、スパディポリ
フォーリダン
ラッチャ、スールプップー
リャンリャンルーノミファ
エイリアン、エイリアン
(ペイドスパディピ)
パイスポリチル、フォーリダン
ペンズスパニフォニ、Vサイン
アンドロメダ・マルベル星人エイリアン

スパン、スパン、スパン、
スパン、スパン、スパン
スパンディールンラジャ
スパン、スパン、スパン、
スパン、スパン、スパン
スパンディールホリュー
ニッスパリパージティン
ネパジンズ、スポンディローン
ゴリチーコニチュン、ペデスペデー
エンチュチャル、ローピラ
(パリニジュソー)
ペリチョスパーリン
ジョチュチョー
エイリアン、ペリチュスワレー
レロン、アチャノスパニ
ポアレ、フォーリダン
ペインジュ、スパリフォリ
フォーリダン
パッチスウェイ、リッチュッチョー
リッチュッピー、メンレルー
エイリアン、エイリアン
(パーススパデ)
パッチュツァニタニ
トゥアーリンダー
ペンチュサンフォリ
フォーリダン
アンドロメダ・マルベル星人エイリアン

アイリチュンスポン
レイジュツプラリュソー
エイリアン
センズスランリルー
アゲノマレマレ、パーリダン
アゲノサレホレ、フォーリダン
ウォッシャスポン、リッチュスポン
リンリンリン、ランチンスポン
エイリアン、エイリアン
(ペンジュスパリパル)
アリッスパンデフォデュ
フォーリダン
メーギスクリソルVサイン
アンドロメダ・マルベル星人エイリアン

*「アンドロメダ・マルベル星人」は川西杏の初めての宇宙語作品。

亀は亀有、葛飾ないんだよ
(4' 17")詩、曲 2006.9.19
(吹込66才)K-506-83-1 芹ギC#m A8

撃たれても、撃たれても
男は涙見せないよ
敗れても、敗れても
男はもう一度天下取る
世間のうるさいヤジなんて
亀は万年生きるから
気にしちゃいられねぇんだよ
ゆっくり登って着実に
頂上めざす三兄弟
亀は亀有(和毅)、亀は亀有(大毅)
亀は亀有(興毅)

だから亀有で、勝つ、勝つ、
勝つ(葛飾)しかないんだよ

倒れても、倒れても
男はもう一度立ち上がる
潰れても、潰れても
男はもう一度目を覚ます
三人そろって手を組めば
亀は三万年生きるから
おやじの夢がかなえる
石橋叩いて着実に
チャンピオンめざす三兄弟
亀は亀有、亀は亀有、亀は亀有
だから亀有で勝つ、勝つ、勝つ、勝つ、
勝つんだよ
世間のうるさいヤジなんて
亀は万年生きるから
気にしちゃいられねぇんだよ
おやじを信じて戦おう
世界をめざす三兄弟
亀は亀有(和毅)、亀は亀有(大毅)
亀は亀有(興毅)
だから亀有で、勝つ、勝つ、
勝つ(葛飾)しかないんだよ
イェ〜イ。

サヨナラ愛
〜愛の引退に捧げる(Am)
(7'19")曲、詩 2007.3.9
(吹込67才)K-546-91-3店マA84

AV女優、飯島愛は引退した、
サヨナラ愛、愛の引退に捧げる

今の日活ポルノの前身で性犯罪の原因になった1957年頃の日活映画
石原慎太郎の「太陽の季節」と「狂った果実」
この不良映画に石原慎太郎が出演した、これらのエロ映画から女性たちはフリーセックス、性の解放で、
エロ歌手、シロウト売春時代を迎えた
往年のピンクスター、ストリッパーの
一条さゆり、ピンク映画の谷ナオミ、
白川和子、宮下順子、
ポルノ映画、愛染恭子、天地真理、
そしてAVの飯島愛。

人の肉体は愛する人に与えるもの
人はそれを喜び受け止めても
心がなければ心から
愛される事はない
愛という文字は

川・西杏《ソヘン》　芸
著作・企画・制作
川西杏音楽出版
MAN-1001

朝日新聞 夕刊
2007年3月26日 月曜日
能登半島地震
余震190回 不安の朝
お年寄り一晩おびえ 輪島の避難所
スイス旅行は 阪神航空 フレンドツアー
中面のカラー広告をご覧ください。

※サイケデリックのイメージです（左）

の位置が、コピーされた絵ヅラが店員やら他の客には見えにくい角度に設置され、自分の様な他人の目を憚るすこぶる下品な図版や「悪いエロ」の写真を深夜大量にカラーコピーをとる者にとって、気楽に作業出来る良い店だった。それが突然閉店。

それに代わる別のコンビニは往復徒歩15分かかる上、コピーの位置も他の客や店員の目をいちいち気にかけねばならず、自分のような者には大層不都合で面倒であり、以前は気軽にひょいとコピー出来たものが今、ツマラン事だと充分自覚しつつも、コピーをとりに行くにもその度にそれなりの気力・体力を消耗（これが案外バカにならないのだ）するので、相当の覚悟を必要とするようになった。

（※25）長山一郎さん（ながやま いちろう）

川西杏歌声友の会元・会長で、芸名は京王線長山駅に居住する事に因み「先生」様につけられた。主人の命令をよく聞く司会者として重宝され、後に南北統一チョゴリの会、初代会長にも任命され、チョゴリで司会を務めたが、全くの日本人で朝鮮半島に特に興味があるわけではなかった。

今は「『いつの間にか』消えてどこかへ行ってしまった」一人に。

いつも川西先生の顔色を伺い、遠慮がちな長山一郎さんだったが、一度だけ、自信に満ちた日があり、その時、のど自慢の出場者たちへ堂々とこの様に一席ぶったことがある。

「歌詞は見ない。ちゃんと覚えて歌いましょう。それで初めて、その歌に込められた心がわかる。だから、歌詞は見ない！」


（※26）鈴木の人（すずきのひと）

ミニコミ誌「車掌」発行人であり、「文殊の知恵熱」メンバーのとうじ魔とうじの妻でもある、詩人・塔島ひろみの名著。洋泉社より1999年4月25日発行。「オバQに出てくるラーメンの小池さんのモデルが鈴木さんだった、と知ったとき、小野田さんがルバング島から帰還したのは、鈴木青年の大活躍があったから、と知ったとき、ガッツ石松と森田健作の本名は鈴木さんだ、と知ったとき、イチローは本名もお手本みたいだけど、選手としてもお手本みたい、そればかりか性格も生活態度もよくて、日本男子のお手本みたいと、気づいたとき、鈴木さんにはやはり何かあると思った」著者が、その「何か」を解明する為、全国の鈴木という鈴木に迫る、遠大な探求的冒険。

「鈴木慶一さんには正に鈴木の人の王道を感じるんですよ」（根本談）

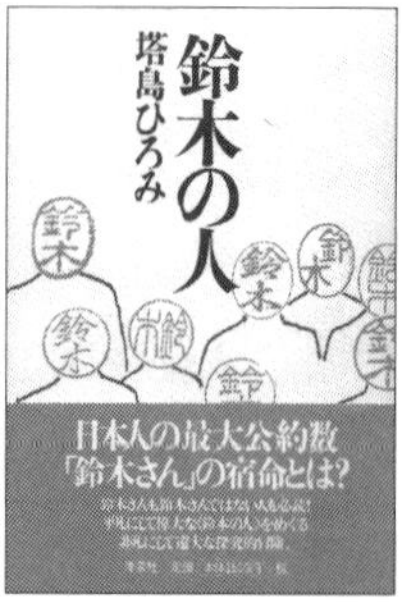

ヘイト船長とラヴ航海士 ～鈴木慶一 Produced by 曽我部恵一～
GT music

（※27）辻（幸雄）さん（つじゆきお）

１９４９年10月、岐阜市生まれ。高校卒業後、地元消防本部勤務。10年ほどで退職後、消防設備業・風俗営業店等を経営。１９８９年からは、都内にてブルセラショップを経営。当初から、オリジナルブルセラビデオを作成。１９９３年、数百人の現役女子高生をビデオ出演させたとして、職業安定法違反で逮捕。メディアにより大々的に取り上げられ、社会問題化した。

２年６ヵ月の懲役刑を網走刑務所にて服役。出所直後からビデオ制作再開。１９９６年、15歳と19歳の女性をビデオ出演させた、職業安定法違反２件で起訴されるも、うち１件は取調べ警察官の事件のねつ造が証明され、無罪判決を受ける。残る１件で、懲役２年６ヵ月の実刑が確定。甲府刑務所服役。99年１月出所。２０００年４月11日、わいせつ図画販売目的所持容疑で警視庁に逮捕。同年６月16日、懲役１年２ヶ月の実刑判決。

１９９３年の女子高生ビデオ事件を契機に、〝ブルセラの帝王〟〝ハメ撮りの帝王〟と呼ばれている。主なビデオ作品には、Ｖカメラを回しっぱなしのリアルドキュメント手法で〝ハメ撮り〟した、「制服美少女達の放課後シリーズ」「学生・ＯＬ達のアフター５シリーズ」「若奥様は淫乱」シリーズがある。


（※28）早田（英志）さん（はやたえいし）

１９４０年熊谷市に生まれ、八代市で育つ。東京教育大学（現在のつくば大学）を卒業後、渡米し、いつしか、南米、コロムビアの鉱山地帯でゲリラ相手に銃撃戦に明け暮れ、気付けば日本へ輸出するエメラルドの70～80％は自社の物というコロムビア・エメラルド・センターの総帥と成っていた。
2004年、自ら監督・脚本・主演を務めた映画「エメラルド・カウボーイ」をひっさげ、故郷に錦を飾る。

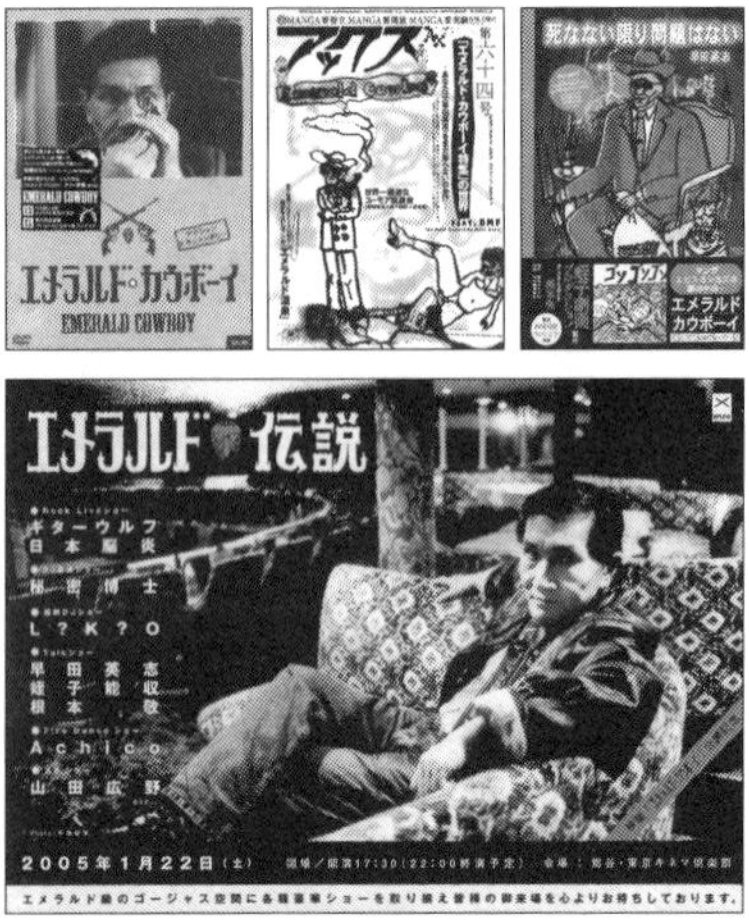

尚、著書『死なない限り問題はない』（東京キララ社刊）とアックス「エメラルド・カウボーイ特集」は２冊揃ってひとつである。

（※29）鬼畜ナイト（きちくないと）
1996年1月10日、新宿ロフトプラスワンで催された伝説的トークセッション。鬼畜エリート・村崎百郎、青山正明両氏が音頭をとり、石丸元章、佐川一政、柳下毅一郎、夏原武、根本敬など強靭な現役鬼畜文化人達が顔を揃え、その後も〝愛欲ナイト〟など同系列のイベントが行われた（「あっ、そうだったんだ。しかし、鬼畜第一世代は以前の人としての大前提を踏まえていたんだが、ソレが第2、第3……と代がかわる毎にソコを皆わきまえなくなったのが、問題だな。「常識」わきまえない鬼畜はRのバカだな」根本談）。

（※30）夏原（武）さん（なつはら たけし）
本名　北原武彦（きたはらたけひこ）、1959年〜）。千葉県生まれ、元プロの極道。ライター、漫画原作者。ビデオ専門雑誌編集者を経て、フリーのライターとなった。裏社会やアウトローに関した題材を得意とし、『別冊宝島』などに執筆。

（※31）伏見（直樹）先生（ふしみ なおき）

少子化時代救済斗DVD『伏見直樹のジゴロコレクター SEXは神』（ビデオワールド新人監督賞受賞）がこの世にリリースされた事を皮切りに、歌手活動の集大成的ベストアルバム『恐山』が音楽ファンの間で急速に再評価が高まるなど、目利き（耳利き？）の若者たちの間で話題を呼んでいる伝説の元祖ジゴロ。

４半世紀前（映画「コミック雑誌はいらない」で当時の姿を拝める。新宿界隈を中心に日本を代表するナンバーワン・ジゴロとして君臨した過去を持つ。

現在、実業家の傍ら、パフォーマーとしての活動を再開。２００８年４月27日の、「映像夜間中学」の流れを汲む、アップリンク・ファクトリーの先生のイベントは既に伝説化している。

「この根本敬と、伏見先生を中心に、或るプロジェクトを秘かに計画中です。尚、本書の扉は先生が「一般客」として夜間中学を受講された時に撮影されたもの。ありがたい、お言葉はブログから。伏見先生、改めてありがとうございます。」（根本談）

伏見先生ブログ「伏見直樹のご意見番」……http://3832816２.at.webry.info/

アルバム「恐山」のアートワークは期待の新人、伏見Ａ～Ｎ人～Ｚ（さてその正体は？）

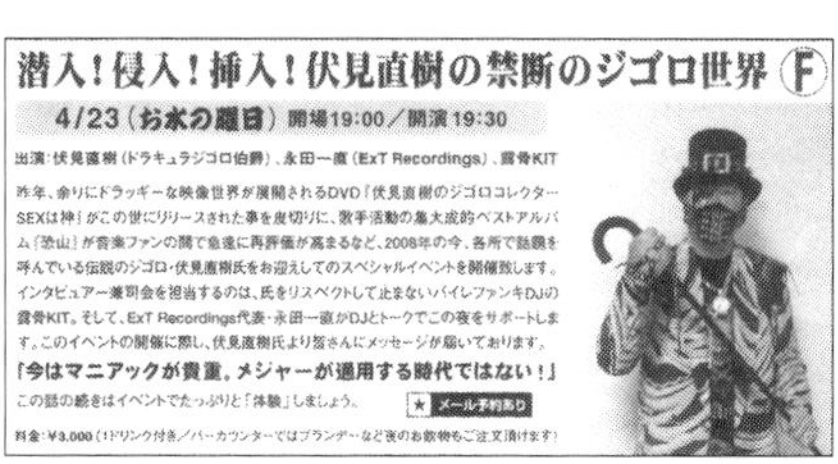

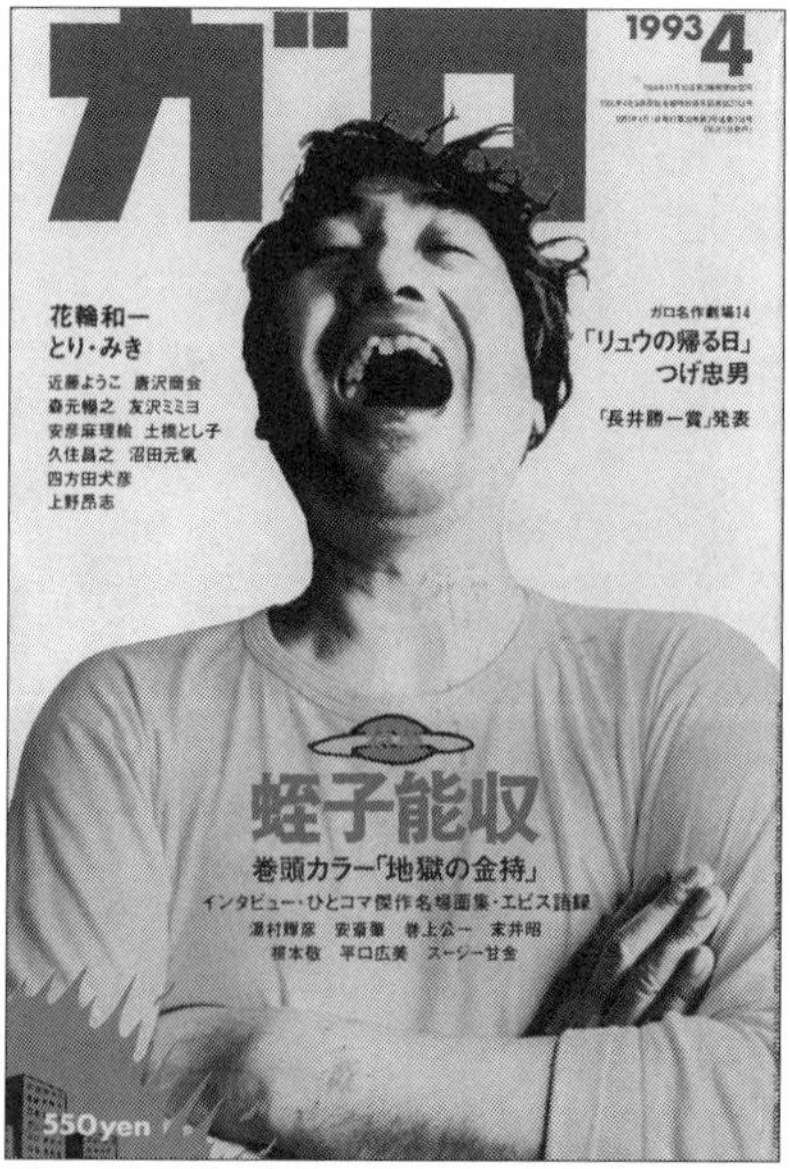

ガロ（長井勝一編集・発行人の前衛的な漫画雑誌）この 93 年４月号の蛭子能収特集で「俺が死んだら食べていいよ」と言っているが、俺は遠慮したい。今、佐川さんから電波が来て『体に悪いからやめといた方がいいですよ！』

「Monster Men Bureiko Lullaby」

サム（ザ・マン）テイラー／日本民謡ベスト・ヒット曲集。会津磐梯山・新相馬節がおすすめ。

アクツ夫妻の旦那はこんな感じ。たまたまTSUTAYAで見つけた。まさしく〝ステファニー〟な夫妻だった。

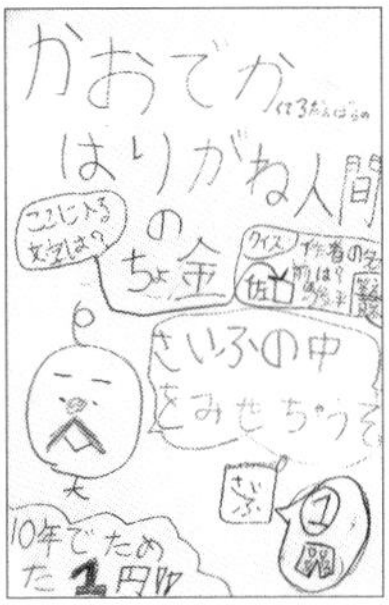

10年かけてためた1円（玉）

森由岐子先生の有名な「魔界 わらべの唄」ひばり書房刊行

日本初の HIP HOP（ラップ）※ B 面―あるいは「Let It Be」における「You know my name」

田代まさしさんは日本のフレイバーフレイブを極めるべきだ

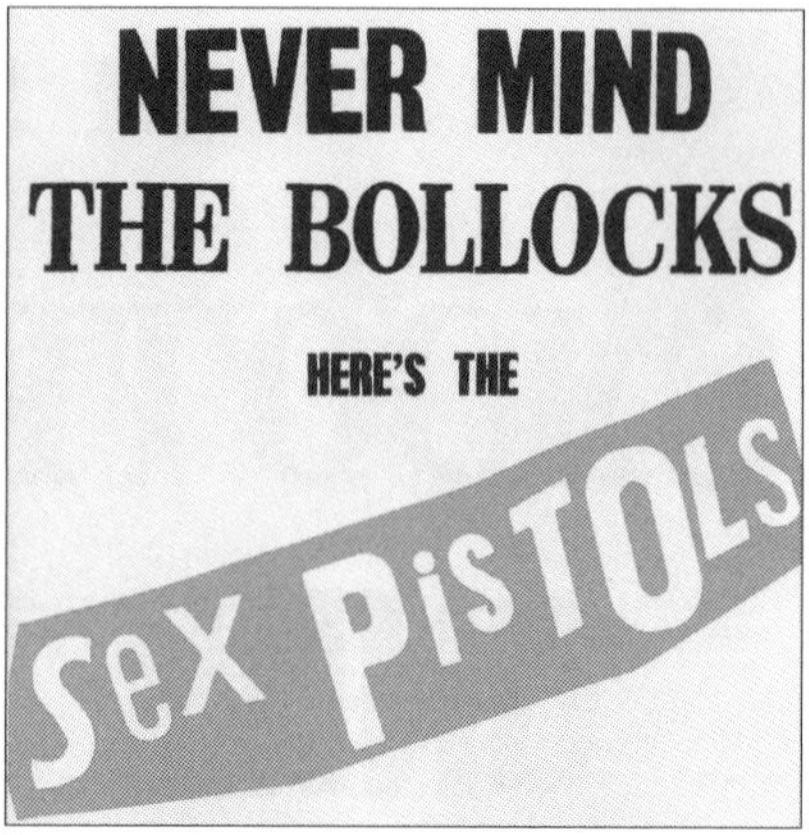

「Sex Pistols」日本語に訳すと「性交銃」

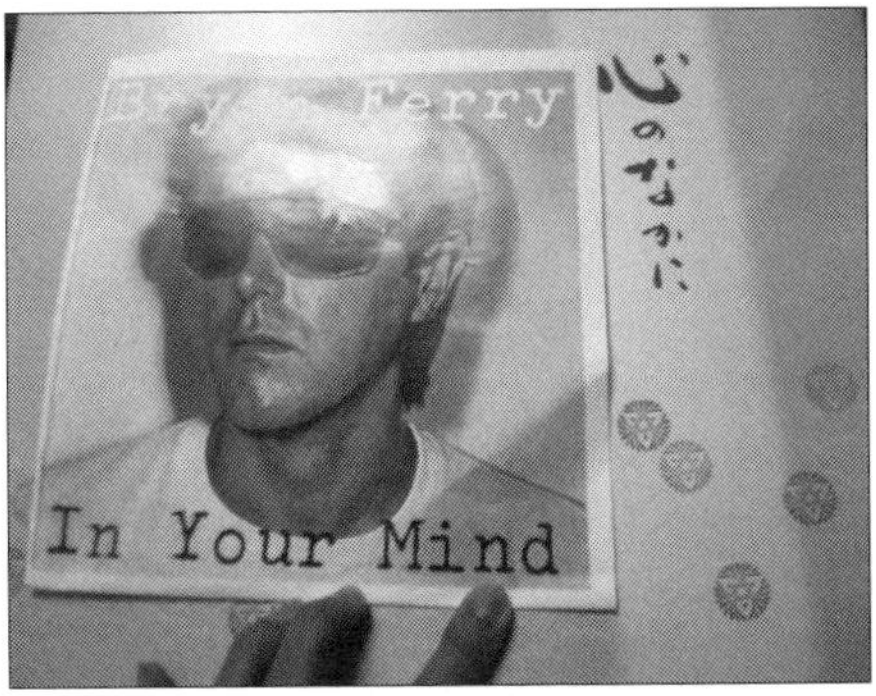

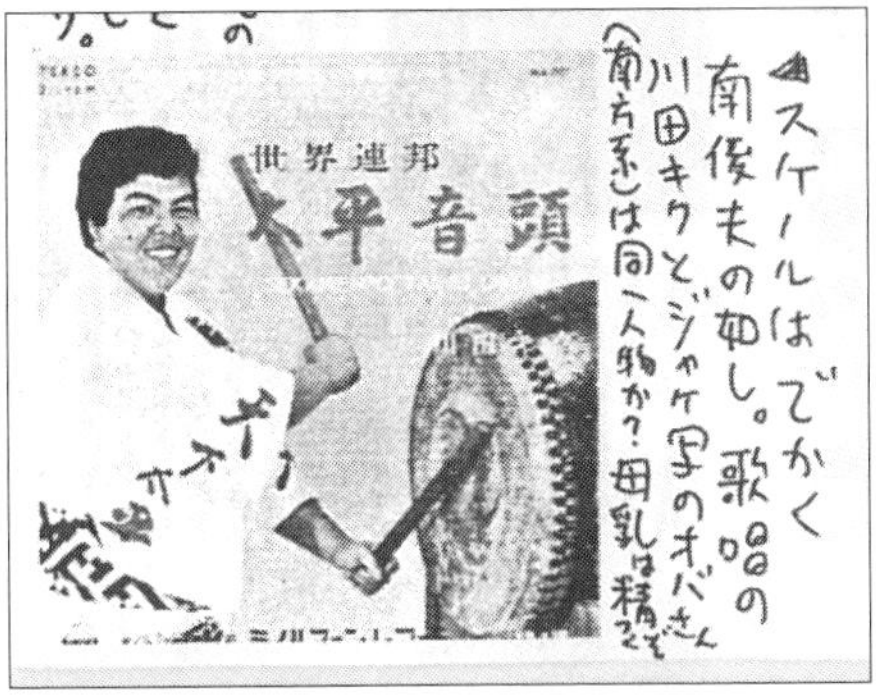

伏見先生に恥ずかしながら拙著をお贈りしたところ「どうぞお子様たちに」と、お菓子が届き、箱を見ると「心の中に」という文字が目に飛び込んできたので、ハッとした。なぜなら、その時丁度ブライアン・フェリーのアルバム「In Your Mind」(30 年以上前からの愛聴盤であるが久しく聴いていなかったそれをフと聴きたくなり数日前からよく聴いていたところだったので……)

さすが伏見先生、ど真ん中のストライク。見事であった。

小林旭コンプリートシングルズ（日本クラウン編）Vol.3 ／ Disc.1の５曲目収録

♪僕の父さん兵隊さん
　ラッパを鳴らして
トテチテタ～

オマ・イマラ…STOP!（この手のポーズに注目）
／オマ・イマラと彼のグループ

※正しくはイラマ。でもママイキでよし（ネくちか）

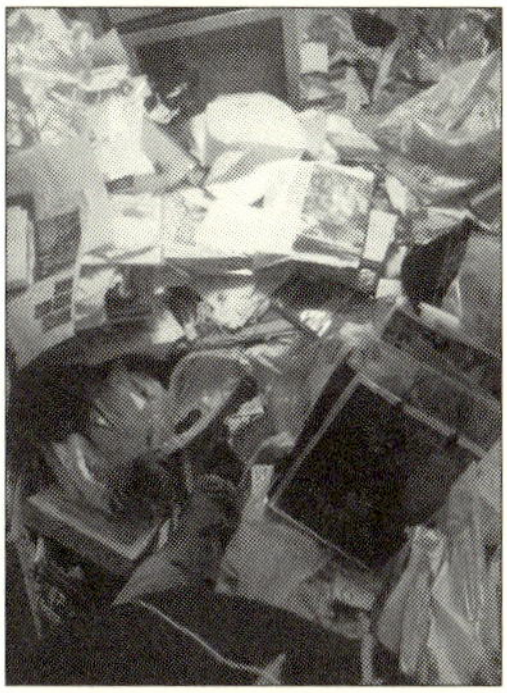

室内インスタレーション「無駄《ゴミ》の中に宝がある」

私は部屋を極めて短期間に、ゴミ屋敷な意匠にて〈お宝〉で埋め尽くす才能がある。誰かスポンサーとなって2DKの2階建12部屋のアパートを1年提供してくれたなら、アパート丸ごと見事な、ゴミ屋敷インスタレートを「作品」として、完成してみせる自信はある。

一本足打法を発明した荒川博コーチ。
隅田公園で王と星飛雄馬は出会った。

「貴ノ花／男の花道…」

〝学長〟プロフィール

根本敬（ねもと たかし／ねもと けい）
NEMOTO TAKASHIÉ（仏語で「糞をしろ！」の意も有）

　1958年生まれ。東京都目黒区出身。81年、故・長井勝一氏編集発行人の月刊漫画誌『ガロ』でデビュー。自称・特殊マンガ家、蛭子劇画プロダクション・チーフ。

　他に文筆・映像・デザイン・講演・出版プロデュース（『KEI――チカーノになった日本人』『死なない限り問題はない』（東京キララ社））等、多岐に渡り活動する。現在東京キララ社等の特殊顧問（本人曰く人工肛門）を務める。

　また、「幻の名盤解放同盟」として廃盤歌謡曲復刻の尖兵を切り昭和歌謡ブームの礎を築く。苦節（？）四半世紀にして、第11回みうらじゅん賞受賞。

　代表作は『生きる』『怪人無礼講ララバイ』『亀ノ頭のスープ』（いず

れも青林工藝舎)、93年『因果鉄道の旅』(KKベストセラーズ)を皮切りに、『人生解毒波止場』(洋泉社)で漫画以上の新たな読者層を生む。又、前書より、「でも、やるんだよ!」「俺たち手に職持ってっかんなァ」と云った言葉に励まされたという人が近年続々名をあげている。

映像作品に『さむくないかい』(96年当時の青林堂)や、出所後の奥崎謙三主演のドキュメント・ハードコア・思想ポルノ『神様の愛い奴』の撮影現場で陣頭指揮をとる。08年、クレイジーケン・バンド『亀』のビデオクリップも話題に。近刊は、第11回みうらじゅん賞受賞の『真理先生』(青林工藝舎)。その副読本ともなる受賞第一作がこの『映像夜間中学講義録/イエスタデー・ネヴァー・ノウズ』である。

因みに『G・U・F・Tシリーズ』第3弾は、根本敬の見た「そのまんま金嬉老」。注目されたし。

また、他に『特殊まんが――前衛の――道』(発行:東京キララ社/発売:河出書房新社)等がある。そして大電氣菩薩「峠」をも越えんとす。現在18年前、100頁で筆を止めた精子三部作完結篇『未来精子ブラジル』再始動へ向かう!

〈公式HP〉http://www011.upp.so-net.ne.jp/TOKUSYUMANGA/

◎深謝
貴重な「場」を提供して頂いた、浅井隆氏（アップリンク）そしてＶ社のＭ会長、
同Ｈ相談役の両氏にこの場を借り改めて謝意を表します。

〈意匠監督・原作〉蛭子劇画プロダクション（担当 根本敬）
〈本文編集協力〉佃美奈江
〈本文組版〉河村康輔
〈DVD 編集〉相馬大

◎協力
倉持政晴（アップリンク）、村田藤吉（公式HP管理人）、伏見直樹先生、みうらじゅん、
杉作Ｊ太郎、ウェイン町山、nu、東京キララ社、騎人研究学会、アイカワタケシ、
天久聖一、青林工藝舎＆「部長」……そして総ての受講生

（敬称略）

映像夜間中学講義録　イエスタディ・ネヴァー・ノウズ

2009年3月6日　初版第1刷発行

著者　根本敬

発行者　河村季里

発行所　株式会社 K&B パブリッシャーズ
〒101-0054 東京都千代田区神田錦町 2-7 戸田ビル 3F
電話 03-3294-2771　FAX 03-3294-2772

装幀　佃美奈江

印刷・製本　中央精版印刷株式会社

落丁本・乱丁本はお取り替えいたします。
JASRAC　出 0901089-901

ISBN978-4-902800-12-8　C0095

一本足打法を発明した荒川博コーチ。
隅田公園で王と星飛雄馬は出会った。

「……………………………………………」

精子／生死をかける――「部長」の08年大晦日。

午後ハッテンサウナ行く前に時間あったので何かに引き寄せられるかのように墨田公園（夜はフケ専と汚れ専のハッテン場）に1年ぶりに立ち寄ることに。まだ昼前（しかもわざわざ大晦日）なので公園内はホームレスか親父が数人。

でもまぁ何でしょうか池の淵に小高い丘に行くと、（大晦日昼前わざわざ）さっそく親父が1人センズリの真っ最中でした。身なりはまともなのですが平やんタイプのイイお顔。向こうも私に何か感じ取ってくれたのかこっち寄ってきて結局至近距離でセンズリスコスコ鑑賞してました。風俗では絶対触らせてもらえないような汚い手でシミだらけの（でもサイズはご立派）チンポをスコスコスコスコ。臭い息で「ねぇ見てぇ、見てぇ、もっと見てぇ…」の連呼の後、精子をだらだら放出。見届けました。

その後本人去ってから地面に落ちたホヤホヤの白濁液をカメラに記録しました。

大晦日に相応しいのか何なのか、根本さんに送ろうかと思いまして撮りました。

…この寂漠たる、12月31日解き放たれるも、凍てついた〃枯葉の荒野〃で（※精子から見て）正に生と死の瀬戸際にある、全2～3億匹の精子の生死にグッと来ました。

特典 DVD

男・友情の小さな旅／ EVE

1996 年 6 月 8 日

ジャケ写：宮間英次郎さん（右）、亀一郎（左）

「オレがオレだからオレなのだ！」我々畸人研究学会は 1994 年の発足以来、15 年間に渡り激しいエネルギーを発散する畸人を追いかけ続けている。

畸人研究学会イチオシの畸人が宮間英次郎だ。横浜のドヤ街に住む彼は 10 年あまり前、60 歳を過ぎてから頭の上に被り物をかぶるパフォーマンスを始めた。最初はカップ麺の空き容器くらいであった被り物はどんどん発展、そして宮間さんはアウトサイダーアートの美術館から招待され、スイスにまで遠征した。宮間英次郎はいよいよ世界の畸人へと進化したのだ！

（畸人研究学会 海老名ベテルギウス則雄）

注※　宮間さんについて、詳しくはコチラ→畸人研究学会公式 HP http://www.digipad.com/digi/kijin/index2.htm

亀一郎：自称素人 AV 男優。愛称・亀。亀ちゃん。

演出◆出演：元 NHK キャスター、ほか……　